木下順二・戦後の出発

関きよし
吉田一

影書房

まえがき

関　きよし

吉田一が前著『木下順二・その劇的世界』（影書房）を世に出したのは二〇〇八年二月のことで、つい三年前。関と吉田がしばしば落ち合って語らうようになっていたのは、その四年前の二〇〇四年の春、木下順二作『巨匠』（民藝公演）の三演目があったころ。

はじめは喫茶店で三時間、戯曲の構造分析をやりあったのが切っ掛けで、次々にテーマを決めて論議する事になる。吉田がレジュメを用意してくれて途切れず進んだ。「はげしい自己主張」が『アンチゴネー』に飛び火したり、ブレヒトや井上ひさしも登場した。

前著が突然のように上梓され、吃驚《びっくり》した関は読み耽《ふけ》った。吉田は今回の主題を「戦後の出発」と提案し、（共同の研究ノート）として発表する手順を立て、関を導いて進行させた。

さて、吉田には、前著に先行する『青果「平将門」の世界』（八三年）、さらに『久保栄「火山灰地」を読む』（九七年、ともに法政大学出版局）の二著がある（著作は他に数冊を越えるが今は触れない）。前著の「まえがき」の中で、吉田は、「わたしの演劇生活、ドラマへの関心を支えてくれた戯曲作家には、木下順二のほかに、真山青果と久保栄がいる。この三人の作品は、わたしの青春時代から現在まで、わたしに創造的な刺激を与えつづけてきた。」と書き、八三年の青果、九七年の久保両著作での記述を、次のように、繰り返し書き写す。

作者を内在する登場人物が、現実——その一つひとつの蓄積がそのまま歴史的時間となって、人間を取り巻く——と格闘するドラマの展開が、青果にとって歴史そのものであり、彼の歴史劇を構築する方法でもあった。

このような営みを己れの作劇に課した作家は多い。わたしは、彼らの中から、久保栄と木下順二の名を挙げたいと思う。青果を含めたこの三人のドラマトゥルギーは、わたしに、絶えず問題を投げかけてくる。ちょうど、青果——栄——順二と、時間を置いては重なりあっていく年月は、現代日本の激しく変動していった歴史そのものであった。それぞれが、自分のドラマを武器として、歴史と現実とに切り込んでいる人間としての生き方を、わたしは、〈ドラマ〉そのものの存立の問題として見すえないわけにはいかない。

歴史劇という点からとらえた場合、久保栄には『五稜郭血書』のような作品があるが、わたしは、むしろ『火山灰地』そして『林檎園日記』『日本の気象』をその対象として考える。現代を描いていても、その視点はすぐれて歴史劇的である。『風浪』から出発し、『東の国にて』から『子午線の祀り』という主系列をもつ木下順二にしても、『暗い火花』や『冬の時代』『オットーと呼ばれる日本人』を、歴史劇としての範疇に加えてとらえたい。木下順二は、その全作品を通して歴史と人間のかかわりをテーマにしている。

　その解明は、この稿の域をこえている。しかし、真山青果のドラマに関心をもつものにとって、通り過ぎることのできない課題がそこにはある。三者とも、現実・歴史を厳密にとらえる眼と、その中に生きる人間への限りない、冷徹な愛を備えている。その上に、それをドラマに組み立てる観点には、三者に大きな差異があるように思える。端的に図式化していえば——決して、図式的に述べてはならぬとの戒めの声を心の内に聞くのだが——、青果は人間に強く共感し、久保は、歴史と人物に等距離で力を注ぎ、木下は大きな歴史の重さに自分の志向をのせる。その違いを追究することによって、日本の歴史劇の評価も、青果劇の意義も、より明らかになると、わたしは考えるものだ。

　ドラマ一般というより、「歴史劇」という観点からの認識だが、三人の作家に対する把握の基本は、四半世紀経ったいまでも変化はない。

前三著での「まえがき」の成立を関は納得する。六〇年余り、劇の中をさ迷ってきたぼくが学んだのは、すべて、〝歴史劇の中を生きること〟、〝いま、その時を生きること〟であるから。

　さて、関きよしは、新劇の〈戦後第一世代〉となるらしい。千田是也の言葉を借りると、「敗戦後の新劇再建の最初の五年間にすでにこの仕事に参加したり、そのための勉強をはじめたりしていた人たちのことである。／ありがたいことにこの連中は、（略）いわゆる〈戦無世代〉の連中とは違って、十歳から二十歳までのいちばん感じやすい年頃に戦争のむごたらしさ、戦後のみじめさをじかに体験してきた若者たちであった。それだけに私たち〈戦前世代〉と通じるところもあり、しかも新劇も文化もまるでなかった時代を生きてきただけに、私たちのように過去に恋々とすることもなく、たいへん現実的でもあった。／そういう若い世代との協力ないしは葛藤をぬきにしては、戦後の新劇の再建は不可能だったろう。」云々。『千田是也演劇論集』第3巻、未來社刊「解説的追想」より、傍点筆者）

敗戦の直後、学生時代、親友のYに〝君が久保ならおれは村山だ〟とぼくは再建新協劇団にとびこみ友と訣別した。彼は東芸研究生となり、間もなく病死した。終世の友でありつづけたかも知れぬ、彼の遺品として「研究所ノート」がいまもある。

そして、戦前・戦中からの先輩に交わって、「協力と葛藤」をすさまじく体験し、鮮烈な政治と文化の混乱と危機に、揉みに揉まれたりもした。

再建新協劇団の舞台を見た宮本百合子は、「テアトロ」誌に「俳優生活について」の一文を寄せた。「――文学の世界では、戦時中にうけた損傷のひどさが大規模にあらわれていて、誰の目にも被いがたく見えている。民主日本となろうとする暁方の鳥のような作品はまだ出ない。そんなにすべての若い才能の芽がつみとられ、剛健な中年の成熟が歪められ、老人の芸術家の叡智を低下させてしまったのである。劇壇の人々は、戦争の間、どんな暮らしをしてきたのだろうか。芸術上に蒙る損傷の形は多様である。」と、問いかけてくるのが、きびしくぼくの心にひっかかった。時代に流されてゆく存在から芸術は生まれない、との峻烈な批評である。

一九四七年に木下順二作『風浪』が「人間」三月号に出た。宇野重吉が新協劇団で上演したいと申し入れたが木下に断わられたと聞いた。雑誌を買って戯曲を読んだ。維新を描く歴史劇に興味をもった。すでに読み、のち舞台を観た久保栄の『五稜郭血書』にも血が騒いだ。ぶどうの会での『風浪』勉強会と改訂公演は、一九五三年九月と十二月であった。国史学科に在籍していたぼくは、歴史劇への興味から、学業を断念した。

　ところで、五〇年代の数年間、木下は雑誌「文学」の編集委員を務めた。広いジャンルの歴史家・社会思想家などとの交流も深まり、共通の課題を発見し、作家の表現の方法を高めることについて、「学者ではない私の、私なりの受けとりかたでいえば、それは単なる時の流れの歴史叙述というより、歴史をつくり出す『人間』を、どう人間としてとらえ、かつ表現するかという苦しみであるように思えた。」と「編集後記」（五四年九月）に書き、その後の木下歴史劇を示唆している。あの「ドラマトゥルギーは思想である」の有名な命題はここから生まれた。その前号八月の連載〈作家に聴く〉は「木下順二」であった。生い立ちから『風浪』『夕鶴』そして『暗い火花』までの創作戯曲の成立ち。新劇をひろく読みだしたのは、むしろ戦争中。運命を決定的に変えてしまったのは、卒業のころ起った河合栄次郎教授事件……。（〈作家に聴く〉の執筆者は、やはり編集委員であった中野好夫である。）『平家物語』など古典や「戦争責任」、日本の「原罪」などの「テーマ」を深く心に刻む。外遊から、日本社会の「逆コース」へ、そして『ドラマの世界』。

　五九年二月木下のこれまでの全作品を演出した岡倉士朗没。木下の「戦後」の作品系列は一区切のように見えるが、私たちには、木下生涯の全作品に向かう萌《きざ》しは明らかにこの情況の変化の中でもリアルに心に刻みこまれていた、と思われるのだ。

『木下順二集』（岩波書店刊）第十六巻の末尾にある「著作年譜」（一九八九年四月まで）はすべてで一四五頁（二段）の長大なものだ。まず、いまは端折って必須な項目だけそのまま誌《ママ》す。

一九三八年（？）　二四歳

○河合栄次郎事件に際し、建白書の文案作成で経済学部の学生と協力、署名運動を行なう。（関注・河合著『ファシズム批判』10・5発禁に抗議）

一九三九年　二五歳

○3月、大学卒業。大学院に入る。卒業論文 "The Fool――His Tradition in English Drama" 大学の終り頃から劇作を志し、山本安英に相談、激励される。

○4月、法政大学講師（英語）。

○5月、徴兵検査、第一乙種合格。この年から第一乙種は甲種と同じく現役編入となり、本年12月1日入営と申渡される（後、翌年3月1日に延期）。

一九四〇年　二六歳

○3月、熊本騎兵第六連隊現役入営のところ、病気を称して即日帰郷。

○入営の前夜、『風浪』第一稿を書き上げる。

一九四一年　　二七歳
○大学院修了。この頃、英国エリザベス朝演劇を中心とする勉強と戯曲のための勉強に専念。
一九四二年　　二八歳
○召集を受け、再び病気を称して即日帰郷。以後、敗戦まで不安にさらされるが、召集来ず。
一九四三年　　二九歳
○この頃、中野好夫に勧められた『全国昔話記録』（三省堂）を材料に『鶴女房』（『夕鶴』の原型）『彦市ばなし』『二十二夜待ち』などを書く（発表の場なし）。
○12月、法政大学講師として学徒出陣を見送る。
一九四四年　　三〇歳
○2月、法政大学より「来年度休講」の辞令を受ける。〝敵性語〟たる英語の時間減少のためで、事実上のクビ。
一九四五年　　三一歳
○空襲激化、5月、書物を長野県諏訪郡笹原村に疎開、以後しばしば同地へ赴く。
○8月、敗戦。不明瞭な放送を銀座松屋で聞くが、何の感慨も持たず。

ここから戦後が始まる。年譜の記述とうらおもてのような山本安英のエッセイ「『山脈（やまなみ）』の見える場所」がある（「悲劇喜劇」一九八一年一月、特集「女優の証言」早川書房）。情況が瞼に浮かぶような文章だが、照応する部分を抜書きする。

軍靴の音がだんだん高くなってきたころ、新劇の大部分の人たちは声をあげて戦争反対の態度をとっておりました。

一九四〇年八月十九日には新協・新築地の両劇団が強制解散させられております。当時、私は胸を悪くして寝込んでおりましたが、新劇志望の若い人たちが、千駄ヶ谷の小さな家に集まって来て、私は一緒に演技の基礎勉強のようなことをやっていました。

一九四五年三月十日午前二時、築地（小劇場）もついに焼失しました。

気落ちした私も、これでふん切りがついて、思いもかけず信州へ疎開することになりました。湖東村という小さな村で、蓼科山の山裏にあたります。

二間だけの小さな家でしたが、木下順二さんの蔵書を一万冊お預りしましたので、時折、木下さんもお見えになり、その都度、勉強会を開いておりました。

村の祭りが近づいて、私たちに何かをやっておはらいをしてほしいという話が持ち込まれ、考えた末にそのころ民話劇を書き出されておられた木下さんの『二十二夜待ち』を上演いたしました。村の人たちと一緒につくれる内容ですし、村人の群衆には青年団の人たちが野良着そのままで出てもらうという、民話劇にふさわしい上演でした。これが日本最初の民話劇公演だったといってもよいのではないかと思います。……畑のむこうには山脈が——八ヶ岳が見えました。この風景が、どのくらい心の支えになったことでしょうか。また木下さんが『山脈』を書かれる背景にもなるわけです。

この疎開中も月に一度くらい命がけで上京し、放送に出ております。八月十五日は放送の本番がございましたので、その前日に上京しております。内幸町のＮＨＫへ行く途中、銀座の松屋で終戦の放送を聞きました。店内には戦闘機が展示されていました。ＮＨＫの玄関には剣付鉄砲をもった兵隊が立っていて中へ入れてくれません。――その時、空が一面に暗くなり、私がさしていた日傘に灰がつもったことを覚えています。隣の日産ビルにあった外務省で書類を焼いていたのです。その後、中野駅前に間借りできたので帰京……。

関は木下から直かにひどく叱られたことが二度ある。「小野宮吉戯曲平和賞」の事務局（66〜75）をしていたぼくが差出した封筒の日付について、「君のような仕事をしている者が〈天皇年代〉を使うことは許されん！」と。対話の中で使った「終戦」は「敗戦」であるべきと。肝に銘じてから半世紀以上経った。ああ半世紀！　これも、ぼくが「戦後第一世代」であるための「役得《やくとく》」であった、というべきか。

木下さんの訃音に接したのは、二〇〇六年十一月三十日であった。逝去された日は十月三十日、九十二歳、戦後六十年余をわたしたちと共に過ごされた。それを、いま、ふたたび、三たび考える。木下の敗戦の日の記憶にくり返し出てくる「もどかしさ」「もどかしく」という言葉。敗戦以来……

何度も味わってきたこの記憶は、まさに戦後の出発をつらぬく「キィ・ワード」であろう。

ともあれ、本稿を、わたしたちと木下の、戦中のもどかしい記憶を辿ることからはじめよう。

木下順二・戦後の出発　目次

第一部

三つの現代劇の模索

はじめに――戦中体験と「戦後」

どのような時代状況のなかでどんな体験をしたか、それは、人のあり方にとって重い条件を付与する。さらにいえば、どんな意識をもってその大状況・小状況に対したのか、その体験を通してどのような自己認識を形成していったかが、その人間の生きかたにとって決定的な道筋を敷設する。

わたしたちの設定した課題に沿って考えてみると、あの「十五年戦争」から「八・一五」・「敗戦」を折り目とし、「六〇年安保闘争」を経験する、約三十年間の日本社会は、そのことをもっとも鋭くわれわれに顕示した「時」であったろう。そして「戦後」という語の内容は、当然のことながら、戦中と敗戦時における日本・日本人・われわれのあり方の問題点をその後にどうひきついでいくのか、自分とその課題とのかかわりから何を創りだしていくかを前提にしてはじめて明らかにされるものである。

関きよしは、一九四五年八月十五日を満十九歳で迎えた。この年の春の徴兵検査で、以前に病歴があったため「第一乙種」だったが、六月には赤坂の連隊に現役召集された。整列した営庭で、「キオーショーアルモノ前へ出ヨ」といわれ、一瞬何のことかと途惑ったが、「既往症」だと気が付いたとき、ためらわず一歩進み出ていた。一九四〇年に、木下順二がとった行動と同じである。胸に症歴があったのは確かなのだが、そのひと言で自分のなかで何かが動いた。簡単な診察の結果即日帰郷（軍隊用語ではキゴウという）の決定を受ける。関には、自分にとっての戦争はこの日に終わった、という思いがそのときの記憶としても、そして今でも強く残っている。

演劇とのかかわりは、戦中、幼時から両親に連れられて、歌舞伎や新派、新国劇の芝居を観ていたことがあり、大劇場だけでなく小芝居の小屋にもよく出かけていた。長じて、通っていた中学（旧制）が近かったので、新橋演舞場や歌舞伎座のあたりを歩きまわったり、一幕見をのぞいてみることも多かったのが、関の冒険であった。一九四三年、古川ロッパ一座と新劇人出演の菊田一夫作『花咲く港』の舞台のイメージは現在も鮮明に浮かぶ。すっかり芝居好きになったこれらの経験が、戦後間もなく演劇生活に入りこんでいくことになる彼の原点をつくったといえよう。

吉田一は、小学校（当時は国民学校）五年生、福島の山中、学童集団疎開の地で敗戦である。まさに戦争少年の一人として育っていたわけだが、この八月十五日を跨いだ月日を、冷静に、というよりシラッーとした感覚で眺めて過ごした思いがある。「戦争」そのものに対してもそうだが、その後一気におしよせてきた「民主主義」についても案外に覚めた気持ちで対していたようだ。いまだ自己認識を確立しえないが自己感覚だけはもっている、彼と同世代の子供たちに共通した意識だったのかもしれない。そのことは、子どもたちの世界にまでどっぷりと入りこんでいた軍隊的組織の醜いさま、たとえば、食事時、上級生のボスの茶わんに、ただでさえ少ない自分のごはんを一箸さし出すへつらい者の姿を見るのがどうにも嫌いだったことにもつながる。また、敗戦前と後との理解しがたい大人たちの見事な変身、あるいは何の変化もない暮らしの持続、教科書に墨を塗るという単純な抹消だけで、簡単に大きな時代変質に即応できる不思議さ、なども強く影響していたといえるか。

吉田の演劇との具体的なかかわりは、当然のことながら、戦後の中学生となってからである。中学・高校で、毎年の文化祭に、仲間と組んで、つたない余興的な上演活動を続けた。その以前、小学六年の時、読みふけった本のなかに真山青果の戯曲『頼山陽』などがあり、それらから強い刺激を受けたこと、旧制高校生だった兄がせっせと新劇通いをしていたことが、吉田の演劇に導かれるコースの布石となったのかもしれない。

そして、この期における木下順二はどうであったか。彼は、敗戦その日の経験について、「不明瞭な放送を銀座松屋で聞くが、何の感慨も持たず」と当時記している。そんなはずはなかったろう。この表現からわれわれが受け取るものは、自分の意識をそのように認識しようとする、三十一歳となった木下の精神のあり方である。より詳しい内容は、二十年後、その日の記憶として、彼は次の文章にしている。

ちょうど敗戦の日、私は山本安英と銀座を歩いていた。彼女と喜多村禄郎のために久保田万太郎が、鴎外の『護持院ヶ原の仇討』をラジオに脚色した、その放送の当日であった。たしか松屋の中へはいって、弾痕がいっぱいある日本の戦闘機のかざってあるかたわらに立って天皇の放送なるものを聞いたのだが、声が割れてひびいて、ことばはほとんど全く聞きとれなかった。私にはことがらの意味をそのとき明確にキャッチするということができなかった。「戦争が終わったらしい」ということばを私は口に出したように記憶するが、同じ放送を聞きながら瞬間さっと事態が分かって愕然として泣いたあるいは狂喜したというような他人の文章をその後読むたびに、私はあの時の自分のもどかしさを思い出してもどかしくなった。より正確にいえば、そういう文章を読むたびにあのもどかしさを思い出して現在の自分がもどかしくなるというような気持を、敗戦以来のこの二十年間に何度も何度も私は味わってきた、ということになる。

さっきいったような意味で、「何かをどうにかしようなどと考える代りに、とにかく……守勢的姿勢を続けて」いたという戦争中の私の姿勢が、あの時のあの割れひびいた声の意味を瞬間的に私にキャッチさせなかったし、やがてことがらの意味が明確に分かってからも、さっと前途が明るくひらけたという、突然夜が明けたというような感覚を私に持たせなかった、ということなのだろう。(「相変らず、しかしやっと——敗戦をどう迎えたか」・文藝春秋新社刊『日本が日本であるためには』所収)

関・吉田より一世代以上も上であり、すでに自己形成を確実に果たしていた木下にとって、敗戦時までの体験は、われわれに比して質・量ともにそれこそ多く、また重いものとして、自分の生きる課題とかかわっていたと思われる。そのことについてわれわれがさまざまな想定をすることは可能だが、その中から落とすことのできない二つのことがらだけを項目としてあげておきたい。

ひとつは、彼が、兵役と戦場行きを二度にわたって、意図的に逃れたこと。もうひとつは、『風浪』を処女戯曲として、入営の指定日の前日までに書き上げ、またその後、『鶴女房』『彦市ばなし』『二十二夜待ち』など、いわゆる民話劇を、敗戦前の時期にすでに執筆していることである。

敗戦ののち、木下順二は、劇作家・演劇人としての道を歩んでいく。そのスタートとなる戦後間もなくの何年か、彼の戯曲作りの土台となり、わたしたちがとりあげる三つの現代劇とも相関して、木下のドラマトゥルギーの方向の基本を確かにしたとりくみを特記しておきたい。それは、まず、『風浪』の決定稿づくりに執着した年月、次に民話劇の執筆を継続し、並行して『夕鶴』を完成したこと、さらに加えて、山本安英、岡倉士朗と力を合わせた「ぶどうの会」の結成と活動である。

激動の時代、明治維新直後の熊本の地で、どう生きればよいのか、そのための道をいかに見出すかに苦闘する士族の若者を描いた作品『風浪』は、第一稿を書いた一九四〇年の時点では、主人公佐山健次の設定とその葛藤の形象化は、まちがいなく、木下自身のありようと不可分であったといってよい。佐山は、木下自身から出発し、また木下自身に収斂されるものだともいえよう。作者としての冷静な距離を各人物との間におきながらも、木下には、作品に登場させた多くの若者たちが抱く焦燥感に熱い同化を経験した時間があったはずである。

そして敗戦、それは、木下に、生々しかった戦中の状況と自分の存在とを冷厳に見直しさせる。また、『風浪』の素材とした明治維新と日本の近代への認識をさらに深めることになったであろう。歴史の激変を通して人のありようをそこに照合する営みである。人間が、時代の流れに投げだされて「どう生きたか」「生きる道をどう見出すか」をドラマとしてより普遍化する視点をすえさせたのだ。

　そうして、新しい『風浪』の稿が次第にできあがっていく。発表はまず四七年三月。ところが木下の改稿の作業はここにとどまらない。その後六年を経た一九五三年、「ぶどうの会」の試演会と本公演とに向けてさらに改稿を行ない続けた。「『改作』という条件の中でできる限りのことをしたお蔭で、させてもらったお蔭で、ぼくはやっと『風浪』をくぐりぬけ突きぬけて次の場へ出る手がかりを与えられたようだ」と彼は述べる。そのときまでに劇作家木下順二は、現実と向きあう新しい戯曲作品『山脈（やまなみ）』『暗い火花』『蛙昇天』をすでに発表しており、いくつかのラジオドラマをも創作し、さらに「民話劇」の執筆をもつづけていた。したがって、『風浪』は劇作家木下の出発点の仕事であるとともに、右にあげた三つの現代劇とも重なりあって、「木下ドラマ」の基本を指し示し、体現する作品として位置づけられていくことになる。それは、時代・歴史をおさえこみ、人の現実的な生きかた・ありかたを形象化、そこに現在の自分たちの存在を照射し、作品全体を俯瞰しようとするドラマの創造である。

　「民話劇」では、戦中に書きためておいた、『二十二夜待ち』『彦市ばなし』の戦後一九四六年の発表にひきつづき、木下は『赤い陣羽織』『狐山伏』『三年寝太郎』などを精力的に描いていく。『鶴女房』からその質を変革し、深化させた『夕鶴』の完成はその中心となる作業になったと考えられる。民衆が保持するエネルギーと明るさ、その示すプラスとマイナスの両面、時代の影響を受けて変化しながらも基本的には変わらずに実存する人びとの暮らしを感得することだった。木下は、そこに、歴史と現実を視つめる一つの大きな拠りどころを据えたと思う。「民話」に拠るドラマと語りという表現は、その後も一貫した彼のとりくみとなり、「現代劇」の諸作とも呼応する。

そして、『夕鶴』では、それに加えて、木下ドラマのもっとも本質的な特徴と考えられるドラマ認識が、「現代劇」と同じく、あるいはそれ以上に端的に具現されたといえる。それは、この時点でどこまで彼に意識されていたかはわからないが、シェイクスピアやギリシャ悲劇がさし示す、主人公が自分たちを超えた大きな時代の力に立ち向かい、願望を実現しようとする渾身の行動が、結果として逆に自分を滅ぼしていくドラマである。観客・読者が、その内容を共感して受けとめながら、その総体としての結末を自分の問題として認識し、そこから演劇的感動をつくり出していくことのできる劇作の追究である。

歴史劇といってよい『風浪』、民話劇を代表する『夕鶴』、この二作の決定稿成立は、木下ドラマトゥルギーの根幹を支える保障となり、そこからさらにドラマの世界を拡げていくための力になった。

そしてその上にもうひとつ、彼は自分の戯曲が演劇として実現される場として俳優集団「ぶどうの会」との接点をもつことになる。かつて東大ＹＭＣＡで、毎年クリスマスの芝居づくりの指導を受けた山本安英とのつながりからの必然性があったのだが、その後、木下の作品上演の多くが「ぶどうの会」によって果たされた（「ぶどうの会」解散後、宇野重吉との交友を支えとして「民藝」での上演が中心となったが）。そして、一九五九年に死去するまで木下作品の全ての演出を担当したのが岡倉士朗である。俳優の山本、演出の岡倉との深いかかわりは、劇作家木下順二にとって、決定的に重い意味をもった。

こうした三つのとりくみの上に立ち、また、それらと並行して、木下順二の創作は戦中と戦後の、現代を描く方向へと具体的に動いていく。一九四九年の『山脈（やまなみ）』をもってその誕生としてよい。長い戦争は敗戦によって確かに終わったのだが、このドラマは、戦争末期の状況とその中にあった人たちの生きかたの選択がそのまま描かれている。とし子と山田という中心人物だけでなく、登場者のすべてがそれぞれの八月十五日を経過して新しい時代を迎える（山田は広島で原爆死するが）ことになる。ただし、戦後の視点からの回想や問題追究ではなく、人びとの意識と生活の持続するさまと変化する姿をそのままに形象化している。そして山村の農民一家と都会からの疎開者との対応という設定が、この時代における社会の様相を広くとらえることを可能にし、また、「民衆」と「知識人」のありかた、かかわりかたをも提示していることに注視しなくてはならない。

一九五〇年、『暗い火花』を発表、木下の視線は「一九五〇年という年の日本」の状況と人間に向けられ、また、大胆なドラマ手法の試行に集中される。アメリカ軍統治下、その緊縮経済政策によって苦境に追いつめられていく、ある中小企業を舞台に、経営近代化をはかろうとした一青年の「意識」が徹底して描かれる。日本の現実の歴史と社会状況とを覚めた目と熱い心とでとらえ、ドラマ表現の深化と手法の実験とを追う、木下の「現代劇」への挑戦である。

そしてそのとりくみは、翌五一年の『蛙昇天』へと進められる。「菅証人喚問」という現実の政治事件を真正面にとりあげながら、蛙の世界として寓意化してみせた。いや、「寓意」というのは正しくない。「現実」そのもの、「政治」のありようと人びとの対応、その生きかたを普遍化して表現する現代の民話ドラマをつくりあげたといってよい。しかも、このドラマは、木下が一貫して求める、時代と人間との格闘、知識人と民衆とのかかわり、家族と愛の様相を、前二作以上により拡げ深めていったといえる。

『山脈（やまなみ）』『暗い火花』『蛙昇天』三作の内容と問題とを、関・吉田の二人がどうとらえたか、そこから何を考えたかについて、このあとに少し詳しく述べていきたい。とくに関は、『山脈（やまなみ）』『蛙昇天』の初演舞台に接しており、その印象は今も強く心に残っている。彼の体験による当時の認識もこの文章のなかに若干は記録しておきたいと思う。

総括的にくりかえすが、『風浪』『夕鶴』の成稿化と民話劇の創造とをあわせ、この五年にわたるとりくみが、木下順二ドラマの基本的な方向を定めた。つまり、現実＝時代＝歴史とドラマの本質とのかかわりを明確にしていったこと、ひとの実存する姿の社会的・理念的・感性的な把握と描写とをそれに統合させようとしたこと、一作ごとの表現手法の変革をはげしく模索しながら、作品を生み出していったことである。それによって戦後でなくては成り立たない「現代劇」が誕生したと考えられる。戦前・戦中・戦後とめまぐるしく変転していった時の流れのなかで、われわれが決して忘却してはならぬ、意識し続ける必要のある問題を、木下ドラマはそれらのなかに描いている。そのことをわたしたちは、自分のいまの課題として考えたい。

ところで、わたしたちに限らず、多くの人びとが、「戦後」といい、「戦後演劇」とよく口にする。

その「戦後」の、そして「戦後演劇」という内容は何であるのかを吟味してみる必要がある。
戦後という時間を、一九四五年以降いままでといってもよいし、狭くしぼって一九六〇年くらいまでの時代、戦後演劇はその間に創られたドラマと上演の総称といってしまえば、あまりにも安易すぎる。内容として求められるものは、十五年戦争を経て敗戦後の時代、日本が刻みつけた、「過去」として葬ってはいけない課題を、演劇としてどう受けとめどう受け継いだか、ドラマ・舞台のなかで表現をどれだけ豊かにして深め得たか、その後の社会と演劇の状況変化をその視点からどのように把握し評価するのか、ということである。そこからいえば、「戦後六十余年」という現時点の把握は決して誤っていない。

この問題を、さらに巨視的な立場で考えてみると、「戦後」というのは、「十五年戦争後」というだけでなく、昭和のすべてを包みこんだ第一次世界「大戦後」、そしてさらに、日露「戦争後」・日清「戦争後」、明治維新の「戦乱後」にまでさかのぼることができるのではないか。つまり、日本の近代の歩み全体を「戦後」という視野に入れて問題にしてよいかもしれない。社会の課題、日本人の生活と意識は近代百五十年を通して一貫して持続されてきたともいえるし、「戦後」問題の本質はその歴史の上に立ってとらえないと正確ではない。したがって、戦後演劇の実態は、その歴史的な時点まで検討の範囲に入るというのも、一つの見方である。とすれば、『風浪』も素材・モチーフを含めて「戦後演劇」のなかにはっきりと位置づくことになる。木下順二の仕事すべてを通して考えると、狭い「戦後」には限定されない、近代・現代の日本文化にとっての問題提起が絶えず果たされているのだということができる。

わたしたちは、いま、その課題を立てて論じる用意はないのだが、思いのどこかには、その立場を据えて、木下順二の仕事を見つめ、彼がわれわれに投げかけてくる問題を受けとめ、自分たちの創造についての認識にはねかえしたいとも思う。

わたしたち二人は、そうした問題を深めていく出発点として、木下がまさに戦後間もなく、日本の現実と格闘して生みだしたドラマ、『山脈（やまなみ）』『暗い火花』『蛙昇天』の三作品をとりあげる。

『山脈（やまなみ）』――山田は死んだが

戦後間もなく、「新協劇団」の演出部で仕事をはじめていた関きよしは、一九四九年、三越劇場での「民衆藝術劇場」による『山脈（やまなみ）』の初演を観ている。舞台も作品もほんとうにおもしろかった、名作といってよいと思った。

二〇〇五年、雑誌「悲劇喜劇」に寄せた、戦後六十年を特集する文章で、関は、「八月六日と十五日をぼんやりほとんど無自覚に跨いでわたった〝十五年戦争のアプレ・ゲール〟のぼくは、戦後日本を生きつづけるためには戦争の体験を主体的にとらえねばとこの芝居から気づかされた。燃えるような恋愛と知的に生きる充実した生命を創造したこの劇は、原爆の悲惨と戦後のあるべき未来社会を、早い時期に示した現代創作劇だ」と記した。

さらに関には、それとは別に、その舞台の印象を、回想として叙述した文章もある。少し長い表現だが引用する。

まずは第一幕で、思いつめたとし子（山本安英）が山田（滝沢修）から離れて立ち上がり、奥の障子を開く、と山なみが姿をあらわし、フルートの音色が響いた。この場面に惹きつけられて何回も見たようだ。見るたび少しずつ舞台はちがっていた。狭い舞台に溢れる抒情、これが岡倉士朗演出だったのか。前面を流れる川面の音と光や、盆踊りの正調木曾節もそう。まずぼくはこのドラマを、見慣れた信州の農村の、戦中にもあり得た情景として見ていたのだろう。人物たちそれぞれの心のうちの動きに共振するよりも、山田が指示し、とし子が記録する農村実態調査のやり方に共鳴し、その方法と目的が深まることを期待し関心を持つ歴史科の学生のぼくがいることを感じていた。だが、しかし、とし子を共感・理解できないでいるあのころの自分の、ああなんと鈍感で冷たい感性、客観主義と傍観的態度のとりこになっていたことか——。

第三幕は、敗戦の日から三カ月余り後の晩秋。収穫にいそがしい農家の庭先と、場面ががらりと変わる。だが激変したのは風物ではなく人物のおかれた状況である。まぎれもなく現実の日本社会であり、観客として舞台に相対する自分自身をまるごとまきこむ。そこで見る情景、見る事柄は、敗戦後の社会に放り出された人びとがこれからどう主体的に行動するかを意識させずにはおかないはずだ。父と夫と愛人を戦争で失い、原爆被災者としてひとり歩きださねばならないとし子、戦争から生きて還ったが生きる目標が無くすさみきった心の富吉、役場の兵事係として心身打ち込んで本土決戦に村人を駆りたて今は茫然の中にいる原山、この三人の心のうちに、外からではなく直に迫ることができたのだろうか心許ない。だが、第三幕の幕が下りたとき、ぼくはまさに〝戦後に立つ〟自分自身を感じ、大きな課題を身にずしりと感じとっていたのはたしかで、じわりとした記憶の中にある。

その関は、二十年を経た一九七〇年に、自分が指導する「舞台芸術学院」の生徒の卒業公演で『山脈（やまなみ）』を演出した。稽古の過程で、戦時中に山本安英さんが疎開していた信州の家を訪ねたり、また、山本さんから直接話を聞く機会ももった。とし子の役づくりに関して、荷物を包んできた新聞紙のしわを伸ばし伸ばしもう一度使えるようにするしぐさをやってくれたのが、興味深く関の印象に残っている。『山脈（やまなみ）』の舞台での家の設定も、この山本さんの疎開先をほとんど踏襲していることが理解できた。

木下は、四八年一月に、「民藝」から作品創作を依頼されたのだが、このいきさつについて、『木下順二作品集』V、未來社刊の巻末に付せられた丸山真男との「解説対談」で、当時のメモをみながら、彼はこう語っている。

有楽座で「破戒」をやっている楽屋へ十二日に行ったら、滝沢修、宇野重吉、清水将夫、それに岡倉士朗なんかに囲まれて「戯曲を頼まれる」と書いてるね。そのあと喫茶店で士朗さんと話して、士朗さんから「四月の三越（劇場）で、山ちゃん（山本安英）に出てもらおうと思うからぜひたのむということ也」。とにかく「忽ち書こうと内心緊張する」と書いている。

「山本さんに出演してもらう」と岡倉士朗にいわれ、すぐに書くことを決めたとのことだが、戦後の木下ドラマの出発には、一九三六年の学生時代からかかわりをもってきた山本安英の力がたしかに大きかったと思われる。

三幕構成のこの作品、第一幕の場面は、村上たまと嫁のとし子が、出征しているとし子の夫の友人山田の尽力で、疎開地信州の山村に到着した翌日の午前。幕の終わり近く、きのうあった東京と市川大空襲の報が語られるので、その「三月十日」が否応なくイメージされる、早春である。背景のやまなみは白く雪をかぶっている。山田ととし子が愛しあうかかわりにあることが、ドラマを先にいざなっていく。

第二幕は、七月中・下旬（と考えられるだろうか）。紺青の山々。とし子の父は大空襲が原因で死去、そして夫省一の戦病死の報が入って間もなくの「初七日」の設定である。前幕以降、名前を変えて人目を忍んだ手紙でしかとし子に思いを伝えられなかった山田が突如現れる。召集令状がきて、明後日には広島で入隊しなくてはならないのだ。とし子の心ははげしくゆれる。

山田　え？……そうだろう？……え……（いら立って来る）何だよ黙ってて。……そうじゃないか？君だっていえないじゃないか？……死にたかないよ僕だって。誰が死にたいもんか。畜生、生きたいよ。生きて生きて生き抜きたいよ。君と一しょに生きられたら僕ァどんな山奥だっていいよ。君さえあれば、君といられさえすりゃ、それだけでもう僕は黙って一生満足して過すよ。だけど……死んじゃうんだよ、殺されちゃうんだよ僕ァ。

問——

とし子　あたし……行くわ。
山田　え？
とし子　あした、一しょの汽車で、広島へ行くわ。
山田　そりゃ……そりゃ君……
とし子　いいえ、行くわ。行ってあたし、とにかくあなたと一しょにいられる最後のぎりぎりまで一しょにいるわ。
山田　そんな……いけないよ、そりゃ。
とし子　いいえ、行かしてよ。あたしにもやりたいことをやらしてよ。どうせお互い、どうなっちゃうか分らないんじゃないの。あたしは今まで、我慢して我慢して自分を殺してきたのよ。かわいそうなほど自分を殺してきたのよ。だけど、もういや。もういやよ。あなただって勝手なことしてきたんじゃないの。あたしにも今度一度だけは好きなことをさしてよ。ね、ね、一しょに行かしてよ、ね。

第三幕、敗戦後の晩秋、快晴の午後から夕方へ。遠い山々の頂きには白い雪がみえる。前幕のあと、山田とともに入営先の広島へ出奔したとし子が、原爆で山田を失い、この地の思い出にすがって自分をとり戻したいとやってくる。疎開先だった松原家の娘よし江に語ることば——。

ん？（笑って）ううん、大丈夫よ。死にやしないから、あたし。……でも……本当に苦しい。二重に苦しいわ。……ただ生きてくってことだけでも眼がくらみそうだのに、こうやって一人で生きてってみたってそれがなんになるんだって……なんになるんだか、何のために生きてるんだか、どうしたらいいんだか分らなくなって、真暗になっちまう時があるのよ。……何だか泥沼の中でもがいてるみたい。ちょっと気をゆるめてるとずうっと沈んで行っちまいそうになるわ。……はっとして気を引き締めてね、その度にしゃんと足を踏ん張るんだけど……又すぐのめりこみそうに……交りばんこだわ、そういうのが。……そして、ほっと顔を水から上げた瞬間に、きまってキューッと締めつけられるみたいにここが懐かしくなるのよ。……どんなにきたかったか分らないわ。……今はどんな苦しくてもあそこへ行きさえすればばって……とにかく何でもあそこへ、どんな無理しても一度行って、そして静かな澄み切った空気の中で心ゆくまで思い出にひたって……そうすればきっと新しい力が湧いてきて、今のこんな気持からぬけ出すことができるんだから、って、そればっかし毎日思い暮らしてきたのよ、この三ヵ月……ここの思い出に……いつかはここへこられるんだっていう希望につかまって、あたし生きてきたようなもんだわ。……やっとこられたのよ、少しお金が……時間のゆとりもやっと少し取れてね……やっときてみたのよ。……（間——）けさ、汽車を降りて……あたし、歩いて登ってきたのよ。……山なみがいつものようにきれいだったわ……澄み切って……急に涙があふれ出してきたわ、それを見たら。……どんどん歩いてきたのよ、夢中にね、山なみに向って。……だけど、ちっとも近づいてこないのよ、山なみが。……歩けば歩くほど向うへ行っちまうような気がするのよ。……どうしたんだろうどうしたんだろうって、あたし歩いたわ。夢中になって歩いたわ。……いつの間にかここまできちまったのよ。……(間——)だんだんあたし、分ってきた気がするわ。……やっぱりまだ甘かったのねえ、あたし。……静かねえ……澄み切ってるわ、ここの空気……

戦中のころと相変わらずの農家の人びとの暮らしと彼らの対応。異なるのは、村役場で兵事係をしていた原山の、敗戦を経た自分の意識の述懐——それには農村調査について語った山田への思いもふくまれていた——であり、復員してきて自暴自棄の状態を露骨に表現するこの家の長男富吉の姿である。とし子は自分のあり方にそれらを照らし合わせることになる。

三つの幕の構成と設定には、読者・観客の受け止めによって二つの把握ができよう。一・二幕の疎開地での生活描写のなかで、山田ととし子との心的な葛藤がドラマの核心となっており、三幕はその結末をつけるための展開として書き加えられたとするとらえかた。作者自身も前述の「解説対談」のなかでこんな発言をしている。

ぼくがこれを書いた時の意識からいうと、三幕というのはね、二幕まで書いてきたことをなんかとにかく終結させるべくね、三幕を持ってきたという感じがあったろうと、今から推測するんだけどね。つまり書きたかったことは二幕までのとこを実は書きたかったんで、そういう意味からいうと三幕というものは、どう終結させるということであったんではないかと推測――もおかしいが――するんだけどな。

それとは逆に、三幕のとし子の意識と行動が全体の主要なドラマ課題で、そこから一・二幕を透視していくことが可能でまた必要な作品との見方もできよう。わたしたちもその視点は大事ではないかと思った。しかし、この二つのどちらかの立場にだけこだわるのは正当ではないだろう。各幕の設定を再確認してみると、一九四五年の春・夏・秋と三～四ヵ月の間をおいて、敗戦をはさんだこの年の、人びとの存在と意識と行動が丹念に描かれている。作者の思いはともあれ作品がわたしたちに語るのは、戦中・戦後を生きぬいた（山田は死んだ、それはきわめて重いものなのだが――）人びとの生きる姿を誠実に描いたドラマである。

『山脈（やまなみ）』の発想について、とくに吉田が強く意識しているのは、久保栄の『林檎園日記』とのモチーフでのかかわりがあるのではないか、ということだ。一九四七年の「東京藝術劇場」による『林檎園日記』上演には、志津子役の山本安英が客演し、信胤の滝沢修、森雅之が兄の正義、清水将夫が源三郎で出演している――『山脈（やまなみ）』にはもちろんこの四人は舞台に出ているし、宇野重吉が富吉役だ。また、久保自身が演出にあたったこの『林檎園日記』は『山脈（やまなみ）』の演出岡倉士朗が舞台監督をつとめていた――。また、両作品とも、郵便配達が一度顔を見せるほか、十人の登場者のアンサンブルで創る舞台、場面は、それぞれ「旧宅」(『林檎園日記』)、「隠居所」(『山脈(やまなみ)』)の一杯芝居で、開幕時は、「引越し」「疎開地の荷物整理」ではじまっている。木下順二の作劇意識のなかに『林檎園日記』のイメージが動いていたと想像することが可能だ。出演俳優や場面設定だけでなく、内容をみても戦時中のインテリの思考と農民の労働の現実が描かれており、なによりも登場人物それぞれの生き方に焦点が合わされている。そして、山田とし子との愛の姿に照らしあわせて、『林檎園日記』をみると、信胤は、戦死した親友高須の遺言、高須の妹志津子への愛情の力と彼女の勧告によって、国策に従う懸賞脚本に応募することを自ら斥けることになる。木下は久保のその設定をおさえながら、内容を逆転させ、とし子と山田の激しい愛を貫かせ、山田の死を設定し、とし子の側に力点を置いて自分独自のドラマを描いたのではないか、と吉田は考えるときもある。

だがしかし、『山脈(やまなみ)』は『林檎園日記』を受け継いだ作品かというならば、それはちがう。「継承する」とすれば、木下にとってそれは批判的な継承、反面教師としての意義をもったものと考えたい。

作品のほとんどを戦中に書き上げていた『林檎園日記』は、戦後に推敲への時日があったが、戦中の場面表現に終始している。古い歴史を背負った旧家の変転と状況に対する「人びとの対応」がそこに描かれた。しかしその視点には、作者久保の「戦後の認識」がこめられていることが強く感じられるのだ。『山脈(やまなみ)』は、一九四五年の春から秋を敗戦をはさんで展開する。しかし前述したように、敗戦後すでに四年を経過しているのに、作者木下は、戦後思想から戦中・戦後をとらえているわけではない。この時代の時間・空間を経過した人間、とくにとし子と山田の意識と行動をその代表として、人がどう生きたか、生きようとしたかをひたすら描いていく。作者木下の戦中・戦後を過ごした意識が付加されているのは当然のこととしても、「戦後の認識」からドラマがおさえこまれているとの印象を受けることはまったくない。『林檎園日記』が、時代そのものの様相と人びとの姿を客観的に描くことをめざし、それに加えて、強いて一人の人物に集約すれば（それは必ずしも正しい把握ではないが）、信胤という「知識人」の戦争に対するありようの追求に力点があったと思われるのに、『山脈（やまなみ）』は登場人物すべての行動を丹念に描きながら、「知識人」山田とかかわるとし子の意識と行動とを形象することに主眼があったと思われる。

戦前に『火山灰地』という総合ドラマを完成し、劇作家としての位置付けをすでに不動のものとしていた久保と、戦中の時代、切実な生きかたの願望を自分に重ね、『風浪』を習作として劇作の道をスタートさせたが、いまだ劇作家としての存在を自他ともに明確に形成することができなかった木下との、大きなちがいである。

この、吉田の提起する久保と木下とのかかわりについて、関はこう考える。

木下が久保栄をどう評価したか。戦前戦中の仕事については、ほぼ全面的に制約ある中での正当さを認めていると思う。ただ理論の面では主に現実の反映についてだけを問題にして、ドラマトゥルギーつまり現実の再創造という方法論には物足りなさを感じていた。戦後には久保栄の理論的威圧とたたかって影響を受けまいという志向が木下には強かったのだと思う。『山脈（やまなみ）』は方法に規制されることなく内面的燃焼にひたすらむかった。それが成功したのだと思う。戦前新劇のピーク「新協・新築地」といういわれ方にも異を立てて新築地評価を提唱しているし、『土』『綴方教室』など「素朴リアリズム」に魅力を感じ、岡倉士朗演出を大いに支持する理由にもなっている。

『山脈（やまなみ）』の舞台の抒情性も大自然ととけあって独自のものだ。でも考えてみると、『火山灰地』の農民シーンと通じるものもある。いずれにせよ久保と木下のくいちがいは敗戦直後、どうしようもなく占領下にいよいよ大きくなっていくのだ。

戦中多くの新劇人がばらばらに過ごした戦争体験の現われ、亀裂の影響である。木下は、体験した戦中の時代への、白けた距離感と自分の生命の充実感とのチグハグなシラーッとした〝異化の知覚〟を意識していたのではなかったか？　これが時代を歴史的に捉える強い力となっているのではないか！　ひいては、久保の創作方法、客観的に比重正しく捉えるリアリズムへの批判にもつながる。そして、『山脈（やまなみ）』で山田ととし子、とくにとし子のもえ上がる激しい恋愛に集中させた、と思える。

『山脈（やまなみ）』は、現代日本の最激動期における、ひとの生きかたを描いたドラマだと述べた。そしてその生きかたとは、具体的に、戦中・戦後の「状況」下におけるひとの「愛」の形によって鋭く表現されていると見てよい。個人の力ではどう対抗しようもない、ひとの生死が国家権力の手に握られている条件の下で、男と女との交わす「愛」が現実にもつ様相はそれこそ厳しいものとしてあらわれる。とし子と山田とがはげしく相手を求める意識と行動がこのドラマの中心なのだが、実は、この作品は、多くの愛のかかわりを通して組み立てられている。舞台に登場しないあるいは存在しない人物もふくめ、山田ととし子を囲むようにして、七つのカップルがある。富吉―きぬ、太一―みつ、(正春)―よし江、(省一)―とし子、山田―(かつ子)、祐二―(恵子)、(亡夫)―たま、である。それぞれが、社会的な立場、世代の意識、夫婦における力関係、家族のなかでの位置、性格による特徴を異にしており、そうした設定と描写とがドラマの課題を豊かにしている。ひとの現存の姿の多様さ――特にこの戦時中の時代における女性の存在のありよう――が丹念に描出され、それぞれが、とし子に対置され、照射されて、彼女の視線とそのドラマ行動を鮮明にする役割を果たしている。とし子は女たちのすべての様相を見つめており、彼女の視線を通してわれわれもそれを認めていく。人間が現存する基本的要因が、あくまでも歴史的・社会的条件だという認識の上に立って、具体的に人を動かすのは、情念、男女の「愛」そしてその結びつきのあり方にあることを、作者木下は強く意識している。彼は、その姿をこそ描きたかったのだといってもよい。そしてその営みが、人としての自立と不可分に連動していくことも、作品の発想に位置づけていると考える。

とし子は、第三幕の終わり近く、原山との対話で、次のことを語る。

(略)……今のあたしにいえることは……これだけは嘘でないっていえることは……とにかく何もかも棄てて一人の人を愛することができたってことですわ。そのためにこうして一人ぽっちになってしまって……とてもそれは悲しいことなんですけど……だけど、そのことはとっても強い自信

――っていうか……力になるんですわ、今のあたしに。

だけど……きょうここにきて……何てんでしょう……本当につくづくあたしはなんにも持ってなかった……自分自身は何も持ってないのに、ただ夢だけを追っかけてたんですわ。……ほんとにあたし、しっかりしなきゃ……いえ、しっかりできる筈だって、改めてそう思いましたわ。……きょうまで息も切れそうにして生きてきたことが無駄ではなかったんだって思えてきましたわ。……ここにきて、やっぱり本当にきてよかったと思いますわ。

「自立」は自分の、人としてもっている本質的な欲求を実現するために、全てを擲って立ち向かおうとすることが不可欠な前提要件だが、さらに、その自分が支えられていた対象が失われ、そしてそれが失われて自分にはなにもないことを痛切に自覚することによって、はじめて自分が自分であることの出発ができるということになろうか。このとし子の立場は、『風浪』の佐山健次のそのもうひとつ先にあるように考えられるのだ。『風浪』は、健次が自分の感性的欲求に従って、見通しのもてない状況にとびこんでいくことで、ドラマが終わった。木下順二は、『山脈（やまなみ）』において、戦中の時期を必死に通過して生きることで、時代あるいは歴史と正面に向き合ってひとが存在する姿を、まさに「戦後」につながるドラマとして提示しようとしている。そして、「愛」はひとが熱烈に求めずにいられない欲求であり、そして時代や状況の力によって不条理に失われるものでもあり、その矛盾によって「ドラマ」が成り立つ。自分にとって不可分な「愛」の対象が失われることによって「つう」や「与ひょう」が真の自分の存在を見つめるきっかけが否応なく与えられるというのは、すでに『夕鶴』においても同じように貫徹される、木下のドラマ思想になっていたのではないか。

「自立」に関して、木下が『山脈（やまなみ）』でおさえ込んだもう一つの問題点をあげれば、先人の果たそうとした願いを自分の生きかたとして「受け継ぐ」ということになろうか。とし子は山田が研究テーマとしていた農民の生活実態調査を意識的無意識的に自分の課題としていった。山田生存中のあいだだけでなく、三幕、原山との対話でノートをとり出して彼の説明を思わず記録するとし子がいる。それは現実にはもういない山田の存在を自分の行動としてここに生かすことであり、失われて戻ってくることのないものを取り戻して再生させる営みでもある。「自立」はどうにも必要な自分の過去を現在・未来に向けてとり戻していくことによって支えられるのだ。

山田は死んだ——だが、とし子は生きのびる。そこにこの作品の生命があると考えられる。とし子だけでなく、原山にしても、右のとし子との対話で、

だんだんとそれから、山田さんの言葉をかんげえてるだ。人間が働いて、働き甲斐のある社会……悩んで、努力して、その悩む、努力する価値のある農村……言葉は忘れただが、いってただなあ、あの、応召の晩、ここで……。

まあ何だわ、百姓をしながら、またこつこつとやって行くだわ。……おらまだ民主主義が何やら

もよくは知らねえだが……おらァこれで昔っから本読むのは好きだでな、読んだり働えたり、いろいろとかんげえてくうちにァ、百姓なりにやるべき仕事も分ってくるずらよ。

と語るのだが、原山もまた、死んでいった山田のことばのなかみを「受け継ぐ」ことによって、彼なりの「自立」をはかろうとしているのだ。

先人の果たした仕事を自分の中で生かし直すことが創る営みの支え、とする木下の認識は世界のすぐれた演劇の作品とそれが対峙した歴史とからドラマの本質を学ぼうとするとりくみ、また、民族の伝統と民衆の生活とに注目して「民話劇」を生み出す道を切り開く作業にも、それは、同根のものとして深化し、進行していったに違いない。

『山脈（やまなみ）』について、その点でもうひとつ触れておかねばならないのは、知識人と民衆とのかかわりについてである。農村を舞台に設定し、農民の松原一家五人を舞台の土台に据えたこと自体がそうなのだ。都会人の意識と農村人の労働、風習、家族関係の現実を交錯させてドラマ状況を進展させることが作品と舞台のリアリティを支える条件になっている。村の民事係原山は、ある意味で両者の中間の立場を占め、両者を結びつける重い役割を荷う。さらにいえば、第二幕、戦局悪化のなかでも行われる村祭りと娘をからかう若い衆の姿、第三幕冒頭で、戦争とはもうかかわりのなくなった飛行機と落下傘を、野次馬として見物する村人の声々の描写などが、ドラマの主軸にはなりえないが、ドラマの状況を支える民衆の意識と暮らしの表現となっていることも意識される。

そして、両者のかかわりの課題を集約しているのは、山田の「農村実態調査」の研究である。第一幕の山田の意識では、「学問」的な視点からの接近が、観念的で暖かさのないものとして自己反省されているが、とし子との愛情の深まりと許されないかかわりについての苦悶、そして自分の生と死への切実な自覚、なによりもとし子の果たしてくれている記録を読むことを通して、調査は自分にとって不可欠のとりくみであるとの認識に到達する。第二幕の幕切れは、ふたりの愛の心の交錯をもそのなかに強く表現して、わたしたちのこころをうつ。

山田　これねえ、非常に面白いよ。（ノートを示す）
とし子　あら……
山田　君は……考えてるね、随分苦しんでるね、こうやって記録しながら。……この小さな村の中のいろんな問題が、君自身の喜びや苦しみとして一つ一つ響いてきてる……
とし子　あたし……ただ丹念に、見たり聞いたりしたことを書いただけだわ。
山田　そうじゃないよ。そうじゃないんだよ。例えば君は農村の家族制度とは、なんてことは何もいってないよ。だけど……おきぬさん――かい？　ここの嫁さん。この一人のお嫁さんの立ち場に立って、君も一しょに泣いたり笑ったり苦しんだりしながら丹念に書きつけてるじゃないか。……（表紙を見て）もう五冊目なんだね？　これで。
とし子　……（うなずく）
山田　僕もいろいろ考えてる、って、いつか書いたろう？　手紙に。……やっとね、少しッつ摑めかけてきた気がしてるんだよ。……この、実態調査ってことも、この前、春に話した時はまだあやふやだったんだ。……あせってたんだな、何か手がかりを摑みたいっていう……だけど、今はわりとはっきり、やっぱり、これが僕の手がかりだってことが……君と一しょにね、とにかくこの村を徹底的に調べてみようって……そこから必ず開けてくる……僕にとって、僕の研究にとって一番必要なものが必ず摑めてくるっていう確信が持ててきたんだけど、だから例のやつね、僕の、東北の山村の、あれがもう一ヵ月位でまとまるから、そしたら今度は君と一しょに……今度はやろうと思ってたんだけどなあ。……せめて僕、これに書き込みをするよ、今晩一晩かかってね、僕の批評だとか感想だとか。……（じっとノートを見ているが）ありがとう。……

とし子　……（袋の米をいつまでもコップで掬い上げてはこぼし掬い上げてはこぼししている）

作者木下は、『風浪』とあわせ、この作品『山脈（やまなみ）』を「自然主義」的であるとして否定的な見解を示している。そして実際、次作の『暗い火花』以降、新しいドラマ手法の意識的な模索を一作一作と果たしていく。作劇のその歩みを見るかぎり、木下がそのときに抱いた認識はそのとおりなのだろうと認めざるをえない。

木下が『山脈（やまなみ）』を「自然主義」的ドラマとして、ドラマ創りの不自由さ、ドラマそのものへの欲求不満を感じていたとするならば、それはおそらく、戦中の時代にずっと自分自身に鬱積していた心情——研究者たることも、作家としての現実性も中途半端で身動きできない状態——の影響があった。「自然主義」と深くかかわる「私小説」的な見方を強引にとれば、山田に自分の立場を、とし子に山本安英をイメージして人物形象化する情念的な気持が発想としても動き、それと具体的表現とが分かちがたく結びついて、ドラマへの自由な発想を制約しているという意識があったとの想像も可能である。さらに、戦後となって、作家として自立したいとする願望、深く学びながらもそれを克服したいと志向する、久保栄たちの「リアリズム」手法からの脱却が作品としてまだ結実していないとの思い、時間的推移にしたがって人物の行動を描写していく手法に従ったことなどが、自分を制御するものとして木下の心のなかに動いていたのかもしれない。

しかし、私たちの理解と受けとめでは、彼の「否定」意見を「肯定」することはできない。逆に、木下順二が「自然主義」的だと意識した『風浪』『山脈（やまなみ）』は、切実な発想と人物形象の存在感と手法への追求を充たした設定・構成・描写ゆえに、いまも生々とわたしたちの心をとらえる、すぐれた現代劇として成り立っているのではなかろうか。したがって、この作品は、「自然主義的」であっても「自然主義」ではない。いや、そうでなく、作者が自然主義作品と把えていることを充分了解したとしても、実は、そのことが『山脈（やまなみ）』のドラマを生々とさせていることを、わたしたちは評価したい。農民たちの暮らしの示すリアリティ、山田ととし子の愛の苦悩と行動選択の切実さ、誠実さが、そうした描写とかかわって表現されたのである。

明治維新についで、十五年戦争と敗戦は、近代日本の歴史のなかでもっとも重い意味をもつ時代であり、六十年余たったいまもなお、そこから遺された課題をどう解くのかの問題を執拗に問い続けなくてはいけない時代である。そのなかにひととして戦中・戦後を誠実に生きた人物を豊かに形象化しえたことは、歴史の現実と課題と人のありかたとを、いまの読者・観客にもはっきり提示できるドラマ作品になっている。

『暗い火花』——実験精神と新しい質のドラマ

小さな鋳物工場の事務室を舞台にした一夜のドラマが『暗い火花』である。時は、作品執筆時と重なる一九五〇（昭和二五）年と見てよい。

利根という青年が主人公。戦災で死んだ父の仲間だった広田の下で経営の近代化をめざす。熟練工六兵衛たちの戦前からの工法や労働意識を克服して、機械化と計画生産による現代の工場をつくりあげるのが彼の願いだ。敗戦後の混乱をのりきって未来への展望を拓く現実変革を求め、その保障として「資本主義的な近代経営と新しい労働意識との結合」を考える利根は、この時代では健康な、前向きの志向をもった若者の代表的な存在である。

しかし、利根のその意図のほとんどは裏切られる。無理して工場に入れた新型機械は充分に動かすだけの注文がとれず、手形は割れず借金はつもり、差し押さえが迫ってきている。そのすべては自分の責任だとして利根の意識に重くおおいかぶさってくる。広田や六兵衛たちの古い意識は依然変わらず、自分の理解者として頼りにした六兵衛の息子健吉との結びつきも不安定で頼りないものとなっている。広田の娘で利根の結婚相手に擬せられているユリ子は、こんな見通しのない町工場からの離脱をはかり、むしろ健吉に好意を寄せているようだ。広田の妻ゆみは、良かれ悪しかれ「妻」の立場を一貫させている。機械導入や計画生産の支えの力としていた親会社佐久間製作所の古田も、経営状況の悪化が進むにつれてそのずるがしこい本質をむき出しにしてきているのだ。『暗い火花』は、こうした閉塞的な状況における利根の行動、というより、この時点での彼の「意識」を明らかにするためにドラマが組み立てられる。

この一夜の経過は、利根が料理屋に電話をかけ、そこで古田を接待している広田に交渉の結果の返事を待つということではじまり、終幕近く古田と広田がこの家で飲み直しをするためにやってくる出来事、入院していた六兵衛の死を告げる電話で終局となる時の推移である。広田と古田の他に現実の場面に登場する人物は、ゆみとユリ子、利根の意識のなかにだけあらわれるのが六兵衛とその息子健吉である。利根の意識次元の表現である過去の場面（幻想の現実ともいえる）が何度も舞台に投入されて、ほとんどの人物がそこに登場する。

これらの場面設定や人間の葛藤を通して、日本支配の戦略としてアメリカ占領軍が強行する緊縮経済政策（ドッジライン）のもと、自分が努力することそのものがますます経営を困難な状況に追いつめていってしまう、利根の苦悩の姿が描かれていく。

ところで、実は、もうひとりの重要な人物の設定によって利根のこのドラマは進展していく。それは「マリ」であり、ふたりはこの一夜約二時間の「現実時間」のなかで舞台をはなれることなくこの場に存在し、また「意識時間」においてもそのかなりを支配しているのだ。

満州生まれ、父親知らずの、キャバレー勤めの女マリは、店の客として広田や利根と知り合い、その伝手を得て、この工場の住み込み事務員として雇われた。ユリ子に対する嫉妬心を抱きながらも、利根への愛をつのらせている。好色な古田がマリの体をねらっていることもこのドラマの重要な設定になっている。このマリの形象については後に語ることになる。

八人の登場人物は、それぞれが「類型」的な設定がされているとも考えられる。それは主人公利根の意識表現についてもである。しかし、八人それぞれの異なる類型描写が絡み合うことによって、その時代に生きる人間たちのありようが、逆にくっきりと浮き出てくるドラマになっている。

一九五〇年に発表された『暗い火花』は、その後六年余を経た一九五七年四月にようやく初演の日を迎えた。「ぶどうの会」によるわずか二日間だけの試演会である。作者による上演拒否の状態が長く持続していたのだが、演出家岡倉士朗の強い説得によってようやく舞台化されることになった。

木下順二が自作の上演を許さなかった理由は、彼自身の説明に拠れば「できばえというより、戯曲としての実験そのものに興味があって、舞台上演としてどのような効果を持つかということに興味がなかった」「実験のための実験みたいにもなってしまった」ということになる。

確かに、『暗い火花』には、作者の述べる「戯曲としての実験」が満ち充ちているといってよい。

野間宏君は、この戯曲のことを、戦後文学の「実験小説」に相当する作品であって、人間の意識の追求を試みようとした「意識のドラマ」だといってくれていますが、それはその通りです。

『暗い火花』で、ぼくは、野間君もいってくれているように、『山脈（やまなみ）』の持っていた自然主義的な欠陥をぬぐい去ろうとしました。ぬぐい去る方法としてそのときぼくは、自然主義的な方法では実現できない、そしてしかも現実に存在した人間と社会とを動かしている人間の機能――意識――を、何とかして表現してみようと考えていたようです。

しかも同時にぼくは、その「実験」のためだけのものにこの作品を終らせまいとして、ずいぶん苦しんだと記憶します。その面でのぼくの欲求が、野間君もいってくれているように、この作品を「しかもその意識を個々にとらえるのではなく、街の小資本の鋳物工場で働く人々の社会的な位置の中で（意識の追求を）はたしている」ものにしているわけです。

上演時のプログラムにあたる「ぶどう通信・十六号」に載せられた文章の一部であるが、作劇意図について、作者自身の「意識」がはっきりそこに示されていると思われる。そして右の文中に何度か出されている野間宏の名からは、木下が野間の創作手法〈人間の意識の追求とその表現〉に関心をもち、また刺激を受けていることが当然に推察される。

この木下の思考内容を補強するために、野間宏自身の言葉を若干引用しておく。一九五八年の『感覚と欲望と物について』（未來社刊）からである。

人間と人間を取巻いているものを、同時にとらえることこそは、私が作品を書くにあたって中心においている一つの目標であった。それはいまも変っていない。人間を、人間を取巻いているものときりはなすことなくとらえるという考えは、私が戦争のなかに置かれて、自分のものにした考えである。

戦争は、人間と人間を取巻いているものの関係が、決して人間と人間を置く場所との関係というような静かなものではなく、またそれ以前の文化のなかで明かにされていた人間と環境との関係というようなものではないことを明かにした。戦争は人間と環境との関係がこれまで考えられていたような、互いに身近にあるものの密接な関係というものではなく、人間の眼に見えないはるか彼方から突然あらわれ出て死をせまるような、きびしい疎遠な関係であり、疎遠だというだけではなく、人間と人間を取り巻く一つの環境をすべてそのまま地中に埋没してしまうほどの大きな変動が突如として現われて、人間と人間を取巻くその環境の関係を根底からかえるほどの対立的な関係であることを明かにした。

広島と長崎の上空におとされた原爆は、広島と長崎という大きな都市をすべて一変させてしまったが、それはまるで広島とか長崎とかいう都市を一人の人間でもあるかのように襲ったのだ。しかしそれは全く予期することの出来ない、眼に見えぬ彼方からやってきて、人間のもっているすべてを奪い去り、人間をその環境とともにまるごとひっとらえて、くつがえしてしまったのである。

私は戦争のことを言っているのであるが、それは決して戦争のことだけを意味しているのではない。現在人間を取巻いているメカニズムそのものがまた、このような意味をもって人間にのぞんでいるのである。例えば一つの職場にオートメーションがすすめられる時、その人間を取巻いていたこれまでの機械と環境に対する親しい関係はきえ失せ、全く別個の体系があらわれてその人たちをのみこんでしまうのだ。そのときこの人間を取巻いているものこそは、バルザックの時代の環境とはちがって、いよいよ人間の意識とは独立して存在するだけではなく、さらに人間の意識とは独立して運動するものとしてその姿をあらわにしてきているのである。

私はこのような人間と人間を取巻いているものを同時にとらえることを考え、その方法をさぐってきているのだ。私は自分の得た方法をさらに意識的なものにして作品を結晶させ、そこに成功と失敗の結果を自分の眼で見てきている。その上で今日私が考えることは、動いている人間をその動いている欲望の内からとらえるという方法と、動いている現代社会、つまり何重もの層にわたって動いている現代社会の内にはいってそれをそのメカニズム全体のなかからとらえる方法、この二つを統一する問題がなおのこっているということである。

実は、野間のこの文章は、木下の『暗い火花』発表よりかなり後に書かれたものなのだが、彼の表現方法の模索は、ずっと以前から、しかも自覚的で強烈に追求されているものであった。二人のかかわりからみても、野間の創作実践は木下に大きな影響を与えていたといえるだろう。『山脈（やまなみ）』を書きあげ、『風浪』の改稿をすすめた時点、次の新しい戯曲執筆をめざす木下にとって、とくにその刺激は強かったと思われる。

　戦後文学の開拓は、まず、小説の分野で鋭く実現された。『暗い絵』などの野間、『夜の森』の堀田善衞は、友人としても木下に近い存在であり、さらに梅崎春生、武田泰淳、椎名麟三その他の作家たちの創作活動は、木下の絶えず注目したところだったのではないか。それらの作家たちは、戦後文学の道をそれぞれに切り開いたメンバーであるだけでなく、時代と真正面に向きあい、人の現実とかかわるあり方を、それぞれ独自のスタイルで形象化することをめざした作家たちであった。また、詩の分野では、「荒地」に拠った詩人たちがある。一人だけをあげれば、田村隆一、その作品『立棺』。当時、彼らの小説や詩に接したときわたしたちの受けた衝撃は強かった。また、その後それらのいくつかを読み直したとき、自分たちの戦後の生きかたを反芻する意識がよびおこされた。そして木下順二もまさに彼らと同じ意図をもって自らの劇作——『暗い火花』を現実化したのである。したがって、彼のこの仕事を演劇の世界にのみ帰属させるのではなく、同時代の文学者たちの営為と充分にかかわらせて考える必要がある。「戦後演劇」を問題にするとき、その視点と追求とを落としてしまってはならない課題である。

　当時の木下の意識を示す文章を示しておく。一九四九年「東京新聞」に載せた「『生きる』ことと『技術』と、『点つけ』と『作品』と」（未來社『演劇の伝統と民話』所収）の一部である。

　ともかく十九世紀的な素ぼくな現実信仰が持てなくなっている状態の中に生きつつ、この現実をどのように把握するかということ、そのための眼と手を論理と感覚の両面においてどのようにしてわれわれは持つことができるかという苦悩、あるいはどのようにしても持つことができないという絶望、そこから生れる「現実否定」、「反逆の精神」、「断絶の感覚」、戯曲形式の上でのナチュラリズムの否定——そういうもろもろのことが、この国の現在の演劇的風土にどのような意味を持つかということを、批評家はもっと親切に解説してくれねばならないとぼくは思う。

批評家を対象とした表現のようにとれるが、劇作家木下順二の切実な課題であった。

そしてさらに、木下固有の創造思想として、シェイクスピア劇から学び、そこから抽出したドラマ思想を加えなくてはなるまい。『暗い火花』の場合、とくに『マクベス』、そこから導き出される「マクベス論」、その延長上にある木下ドラマトゥルギーの具現化という観点から把握することも必要である。ダンカン王を暗殺したマクベスが、〝もう前には戻れない〟ことを明らかにしてその先のドラマが展開するように、工場近代化のコースにのめりこんだ利根にとっても、破滅の道をひたはしりに走る未来が待っていることが予感できる。もちろん利根はマクベスのように王侯でも武人でもなく、一九五〇年の日本に生きるひとりの平凡な人間であるにすぎない。その利根（に代表される人びと）であっても、自分が主人公として時代に挑戦する限り、シェイクスピア劇の主人公が体現するように、自分が果たそうとしたこと自体が、自分を超える巨大な力の一部となり、自分自身を敗北に追い込むという「ドラマ」の必然性を逃れることができない。木下は、自分のドラマトゥルギーの基軸に据えたシェイクスピア劇を支えとして、『風浪』を繰り返し改稿し、『山脈（やまなみ）』の誕生にたどりついたのだが、それらの問題点とする自然主義的な方法をなんとしても克服すべく、『暗い火花』の創作に、まさに「意識的」にとりついたのである。

その木下の「意識的」な、手法を創造するとりくみを三つの点に集約して、具体的にみてみよう。

一　「言葉」と「意識」の表現について

マリのせりふを一例として挙げる。

どうして利根さん　あたしみたいなもの拾ってくれたんだろうって　　三四度遊びにきただけの人だのに　　あの日あたしはほんとに何やってたか分んないのよ　あんたと会わなかったら　あんたとぱったり会う前にもし踏み切りか川でもあったら　あたしきっとふらふらっと死んじまってたかも知れないわ

ひょいっと眼をあけたらあんたが向うから歩いてくるんだわ　　なんだか急に涙が出てきちゃって往来でしがみついて　　初めてだなあ　あんな気持になったの

この戯曲のせりふには、句読点がいっさい用いられていない。基本的には、「読点」にあたるところが一字空き、文末の「句点」と考えられるところが二字分空けられている。読者も俳優も、その人物の意識の流れを、その字空きを手がかりにして読みすすんでいくことになる。しかし、作者のくふうはもう何歩か先んじようとしていることに気づく。文末の二字空きであるはずのものが三字分とられているところがあり、また句点になるべきところが一字空きの読点扱いにされたりの表現がある。さらに、かなり長いせりふが空き字なしに続けられている部分もある。利根の意識を語っていくせりふに特に意識的に用いられている。

そいつがそいつがそのみんなの結果がどうなったっていうんだ　売り掛けは取れない手形は割れない預金は空っぽ差し押えはきちまうモールディングは錆ついたまんまどうすればいいんだどうすればいいんだみんなみんな全部がおれの上にのしかかってくるんだみんなみんなおれの上にええ何てジャカジャカ騒ぎやがるんだあのインチキホール！

また、利根の心象そのものを語句の羅列で表現するところもある。さらに「実験的」な用法でいえば、特定の音の積み重ね（具体的にはKの音）で表現の効果を試そうとするとりくみもとられる。

こく鉛で真くろになりながら黄いろいキラのこなを頭っからかぶってただカンに頼ってこつこつかたこめをしてる　熔かいだってそうだ吹き屋の親かたは地がねの分せきもかん暖けいもかんけいなしにただナマコやスクラップをカンで嗅ぎ分けてカンカンに掛けてかまに放りこむ火色もカンで見る湯面《ゆづら》もカンで見るカンでしゃくってカンでつぎこむそれで誰も何の不安も疑問もかんじてない

んだかんがえてないんだ（傍点は作者が付したもの）

状況のなかから日常的必然的に生まれる対話としてのせりふより（当然、「現実場面」ではそういうものが多くあるわけだが）、ひとの意識の流れをおさえこむせりふの役割が強く示される。そのはたらきは、むしろ「語り」に近いとして考えることができよう。その表現を通して、人物の本心が吐露されていく。利根にかぎらず、マリその他もそういうせりふを語る。一般に〈モノローグ〉として多用されるドラマ手法の次元を超え、質を異にする「語り」的なものとして人物の意識がせりふ化されている。その手法は、戯曲的というより小説的なものとみてもよいし、小説的な面から新しい戯曲表現を探ろうとする実験であるともいえる。そして、シェイクスピア劇などの朗誦との近似をも感じさせる、この叙情的表現ともいえ、叙事的表現ともいえるせりふのありかたには、その後の木下ドラマにおいても多用され、最終的に群読から『子午線の祀り』に集約されるまで、追究されていくものとなる。

二　光と音と場面の設定と

開幕時、上手の道路を通るジープの激しい音と室内を照らしていく強烈なライト、それは三回。ライトは、二回は室内の壁に掛けてある虎の剥製の首を示し、三たび目は机に腰かけて石のように動かない利根の姿を照らし出していく。そして、遠くから風に乗ってきこえてくるダンス音楽、そのト書きは十五カ所ほど。それらは、一九五〇年当時、アメリカ占領下の日本の生々しい社会状況が、この場をとりかこみ、外部から侵入してくる設定だ。

「ラジオ」と「電話」の活用は、ひとり木下順二だけでなく、それまでの多くのドラマで用いられている。外部の人間や出来事をそれを通して舞台に参入させ、登場人物の行動の契機をつくる手法——久保栄『火山灰地』でそれは特徴的——である。ただ考えておきたいのは、この時期にはテレビは未だなく、ラジオの民間放送開始がこの作品成立の翌年一九五一年であることを考えると、「ラジオ」が持っていた役割は、いまの人びとには想像もできないほど大きかった。家中が一台のラジオを中心にしてニュースや番組に聴きいるのは、普遍的で典型的な、家庭の団らんの光景だった。（例えば、吉田は、少年時代にドラマというと「ラジオ・ドラマ」しか具体的に思い浮かべられなかった。）「電話」もまた貴重な機器であり、一般の庶民にはまだ所有することができない、「神器」であって、裕福な家の電話を利用させてもらうのが常だったし、このドラマでも、ゆみとユリ子がわざわざ事務所にきて電話するのは、場面づくりの効用もさることながら、自宅には設置していない時代の状況にあることを「リアル」に示しているといえよう。冒頭のラジオによる政治・経済情勢の解説ニュースにはじまり、幕切れ六兵衛の死を伝える電話で終わる手法はよくある事例だが、木下の「実験」はさらにすすめられる。ラジオは何回かの「停電」と相関して切れ、後半部では静かな音楽やジャズを「通電」に合わせ、効果的に挿入する。また電話は、外からかかるもの、こちらからかける場合とあわせ（間違い電話をふくめ）、八回用いられている。かけてきた人物の声を拡大して、そのまま観客に伝えるといった設定もある。

この電話のベルと交錯するような工場のベルは、利根の意識のなかでの工場場面と不可分に結びついており、そこではさまざまな「工場の騒音」が重なってくる。

さらに、音についていえば、ドラマの展開とかかわる設定として、「ピストルの音」と、主としてマリによってハミングされ、ダンスバンドやラジオからの音楽が何回か転調する「メロディA」がある。「われわれに『大陸』を感じさせる」とするそのメロディは〝満州〟〝シベリヤ〟のイメージをよびおこし、利根やマリ、広田一家にとっては特別の意味をもつものであり――そしてわれわれ日本人の「戦争」記憶にとっても、――さらに後述する「虎の話」の世界へとわれわれをいざなうものである。ピストルの音については、作者が、「それを使って面白い芝居を仕組もうとしたんだけど、どうしてもうまくいかなくってね」「ピストルを持ったのがはいってきてね、もっと芝居になるつもりがなかなかならなくってさ」と語っているのは、ほぼ作劇過程の事実と思われる。占領時下、米兵士や暴力団などが徘徊する物騒な社会状況がそこから提示されるのであろうが、実際の作品ではその音を聞いたゆみとユリ子が不安になって事務所にやってくるきっかけを用意するはたらきをもつ。そしてそれに加え、このピストルの音は、このときにマリが発する叫びの声と内的にかかわっているはずだ。ピストルの音とマリの声は、利根の意識場面での古田との交渉のあとに、次のように出される。

古田　（略）（手帳を出して計算している）

利根　（その鉛筆の先をじっと見つめている）

パーンと一つ、遠くでピストルの音――しかしその音は古田と利根には無関係である。
利根の姿にだけスポットを残して急速に溶暗――溶暗と共に再びダンスバンドが――

マリの声（溶暗して行く中で叫ぶ）ああっ！

もとの「夜」のシーンになる

マリのこの叫びは、ドラマの冒頭、虎の首に語りかけているマリの場面が暗黒の中に入りこんでいくときの叫びのくりかえしである。だから、このマリの叫びを通してわれわれの心にイメージされるのは、虎狩りの銃声（矢の命中）であり、牝虎と重なる女（マリ）の痛みと悲しみである。作者がドラマとしては具体化できなかったとするピストルの音なのだが、読者・観客にとって、それはマリと結びついて、作品世界を拡大する効果をつくる。

「音」から「光」の効用に話をうつそう。

まずとりあげたいのは、「虎」とかかわる場面に導いていく、日常の明かりとは異質の場面光である。「ト書き」にはこうある。

ある白い微光が次第に室内に充満して来る。その微光の中では一切のものが「影」を失う。机も

椅子も、一切が何かわからないただ「物」として眼に映ずる

それは何回かくりかえされるのだが、それはマリや利根の意識を観客に伝播させていくものである。こうした場面光が利根の意識を表現する回想場面にも用いられる。その後の木下の戯曲『東の国にて』の回想場面や『白い夜の宴』における現実場面の質的転調などにひきつがれ、効果をあげる手法であることを想起する。

光そのものではないが、ときどき「ぽおっと燐光のように」浮かびあがる、背景の「上部が爆撃で毀された廃墟のような大きな赤煉瓦の建築」は、ときに明るさを増して、工場の今の現実とかつての歴史とを合わせ、利根と観客の視覚に重い意味をもって迫る。

場面の流れを支えている、大きな力は「停電」だろう。一九五〇年代になってから物心ついた人びとには想像することがむずかしいだろうが、敗戦直後の日常生活でけっこう多かったのが停電で、各家には、ローソクが必需品として用意されていた。作者はその設定をドラマのなかに重く位置づけている。実際に、『暗い火花』の舞台は、かなりの場面が停電の状態で暗闇のなかに展開していくのが特徴である。

そして、終わり近く、ようやく電気がついて開幕時の状態となるが、やってきたゆみは、電燈をつけようとするマリに、「つけない方がいいの」「その方が落ちつくわ」と事務所は暗いまま、ラジオの音楽のみが有効にはたらく。そして、古田・広田の自動車が着いたときに再び停電、広田がマリのか

くれている二階に上がっていき、暫くしてマリが駆け下りてきたときに電気がつく、という展開である。室内に電燈が現実にともるのは、二時間ほどのドラマを通してほんとうに短い場面である。「沈黙」と「暗黒」は強い表現力である。そして、マッチ、ライター、たばこの火、懐中電灯そしてろうそくの光が、それぞれに明かりの圏と影をつくり、その移動とともに影も場所を変える。「床の上に鍵を探すマリのろうそくの光で利根の顔にいろいろの隈が動き、壁や天井に映るものの影も大きくゆらめく」。それは、人物だけでなく観客のこころをも不安定にし、内面化する。それは、ひとの「意識」を自然光とは異なる明かりによって舞台上に現出させる手立てであり、ドラマ表現の武器ともなるのだ。幕切れは、停電ではないがマリによって電燈を消させ、暗黒にしてドラマをしめくくっている。

ドラマの中に設定される、三つの小場面、利根の回想シーンは、自分のおかれた「状況」と不可分にかかわる、彼の「意識」を抽出する。

はじめのものは、古い労働意識をもち続ける老職工六兵衛、利根の改革の考えに賛同しているその息子健吉、工場の合理化・機械化への執念と同時に前近代的な労働を追いつめていくことに「ある残忍な快感」をもっている利根、ドラマの「現実」時間からかなり以前の工場での光景である。

その自分の努力は実らず、いまや六兵衛は死の床につき、健吉からも疎外されていく利根の心象がこの場面に連続する。

六兵衛さんの眼　六兵衛さんの眼　給料不払い　いや六兵衛さんの眼　工場閉鎖　税金　税金　モールディングマシーン　いや六兵衛さんの眼　とこの上でギュッと天井をにらんだきりの　そうなんだよ六兵衛さん　いやがるあんたを追い立てて無理にモールディングの型つくりにこき使ったのはおれだよ　モールディングマシーン　モールディングマシーン　畜生　だめだもう　税金　税金　古田　いやだおれは六兵衛さんのその眼　その眼　健吉の眼　健吉の眼？　ぼおっとして坐っている　枕もとに　その眼　健吉の眼　じいっと　見てるような見てないような　おやじァ死に切れねえよ　お前がそういうのか健吉　機械化だ合理化だ能率増進だ　気を合わして一しょにやってた健吉　おれを信頼してた健吉　おれも信頼してた健吉　そのお前がやっぱり　そうさ　責任は全部おれさ　給料不払い　差し押え　差し押え　六兵衛さんは死にかけてる　そうさ　責任はみんなおれさ

あとの二つは、「昼」の事務所シーンである。

①は、先の見通しを全く持たない経営者広田、調子のいい労働者健吉、自分の婚約者であるようだが、健吉に心を寄せているように思われる若い娘ユリ子、狡猾な体質を露骨に示す親会社の古田が、利根のどうにもならない孤独感と相関してそれを強める状況をつくる。

②は、工場の事務員として雇われているマリが、経理伝票を利根に学んで一心に作業している姿と並行し、新型機械を入れたことへの文句をつける広田のことば、マリについての古田・広田の好色なやりとりがふたりの利根に対する嘲笑へと結びついていく。

工場場面が、六兵衛・利根・健吉をそれぞれスポットライトで照らし出す技法、二つの事務所場面では、人物を交互に「生きて（動く）」と「死ぬ（ストップ・モーション）」によって示し、利根の意識の動きをそれぞれの人間に移動させて観客に結合する手法が採用される。また、①では場面に先んじて、古田・ユリ子・広田・健吉の声だけがさし出され、②では、利根は姿を見せず、声だけで場面参加をする。いずれも、現在ではとくに珍しいとは思われず、むしろ古風になった表現ともいえるのだが、一九五〇年という時点では大胆な実験的方法であったといってよい。

三　「虎よ虎よ　らんらんと　よるの森の深みに燃えて」の世界

前項の記述に入れてよいことなのだが、別にしてとりあげたい。虎、とくに牝虎の物語をめぐってのシーンである。場面としては、若干その質を変えて三度展開される。

最初は冒頭、停電の暗闇の中、マリが壁に掛けられてある剝製の虎の首に呼びかける形ではじまる。既述したように、ジープのライトが「強烈な白光の中に、生きて動いているような虎の首」を照らしたことが、特別にその呼びかけを印象づけるはずである。ドラムの音、メロディA。「こうやってあんたのひたいにじいっと耳を押しつけると　深いところから　ドクンドクンって血の流れる音が聞えてくるわ」「これはあんたの心臓の音？　それともあたしの心臓の音？」というマリのことば。

ドラマの中ごろ、利根とマリが親しい話合いに入り、マリの出生について利根がたずねたあと、彼女が「古い話を思い出してるの」と語り出し、同時にドラムの音、メロディAとともに牝虎の物語が叙述されていく。「大陸」を感じさせる服装の「青年（彼の声と顔とは利根に同じい）と女（彼女の顔と声とはマリに同じい）」のふたりによって、それは演じられる。わなにかかって苦しんでいる牝虎を若者が救ってやったあと、かわいい女がその青年の前に出現してくる話である。

そして終わりは、広田の妻ゆみに対してマリが、「虎が人間のお嫁さんになる話御存じ?」といって手短に物語の内容を告げたあと、メロディAに変わったラジオ音楽をバックに、スポットライトに照らしだされた「利根とマリ」のふたりで進行する。冒頭が、マリのモノローグといえるし、中ごろの場面が、マリによって語られる「物語」であったのに、ここでは、現実のふたりの心が直接にはまったく交錯せずに、それぞれの思いで流れていき、メロディAを楽しげにハミングし続けるマリに対しての「利根の意識」が強く表現されるように変化する。

そうか　きみはいつかおれに虎の話をしてくれたね　男に裏切られた女は再び虎の姿に返って　しかも今度は凶暴な虎になって手当り次第に人間を嚙み殺して歩く　どんな男が虎狩りを志願してきてもみんな嚙み殺されてしまうんだ　ところが最後に夫であったあの男が志願してやってくる　そして彼が虎に向って矢をつがえると虎は身を伏せて　その男に射ころされてしまうんだ　そしてその男はその手柄で栄達するんだ　きみはいったね「男のほうはきっと知らなかったんだわ　その虎が自分の妻だった女だってことを　虎のほうはきっと知ってたんだわ

その男が自分の夫だった男だってことを」って　きみからその話を聞いた時は　おれはただ女心の哀れさを伝える単純な物語りかと思っていた　そうか　あの虎の中にきみは自分を

感じるんだね　つまりきみはあの虎なんだね　そうだ　きみがあの牝虎なんだね

「虎の話」をめぐって、未來社刊「作品集Ⅷ」巻末の「解説鼎談」で、堀田善衛と猪野謙二が、中小企業の問題とこの虎の話の二つが分裂して、まとまっていないことを指摘して、作者もそのことを認めているようなのだが、この設定は、『暗い火花』において独自の重さをもっており、そのドラマ性を強める力になっている。木下の発想としても、作品構成にとっても不可欠な要素だったと受けとることができる。

それは何よりも、「男」と「女」の愛、当然「マリ」と「利根」のそれに重ねられて描出されている。命を救われたお礼に、動物が人に身を変え、妻として男につくす。木下はすでに『夕鶴』の「つう」としてそれを見事に形象化したが、この作品でも、伝承された説話として愛の物語をドラマに参入させる。しかも、「虎」は「鶴」以上に男を愛そうとする。女は、「あたしは生まれかわったんだわ　あたしにはもう過去はない　未来があるだけ　この人と二人でつくり上げていく未来があるだけ」と語るのである。しかし、現実の利根とマリには、互いに相手を求めあったとしても、その愛を結実させる保障はない。つうは元の鶴に戻って空を飛んで行くが、男に裏切られた女は再び虎になり、しかも凶暴な虎になって人を噛み殺しまわった後、夫であった男の矢に射殺されていく。利根に救われ、彼への愛を傾けるマリの現実の将来像を単純にそれと重ねることはできないが、彼女のたどるであろう未来をわれわれにイメージさせることはまちがいない。

木下順二には、「愛」への希求というか、「女人渇仰」に近い意識があったように思えてならない。

『夕鶴』のつうはいうに及ばず、『山脈（やまなみ）』におけるとし子の山田への激しい恋情はそれを代表する。ひたすら相手に心を向ける「率直さ」、打算思惑を超えた「純粋さ」をもつ女人に対する憧憬といってよいだろうか。木下ドラマを動かす力の一要素にはその存在がはっきりとしっかりと坐っていると考えられる。『暗い火花』の主軸は、あくまでも一九五〇年の状況下における中小企業の現実と利根の意識を描ききることにおかれているけれども、利根とマリとの愛の形相をそれに不可分にからませながら進行するドラマになっているのが基本構造である。

さらに問題にしなくてはならないことは、「虎」の話は、ドラマの世界、テーマとかかわる状況をより大きく拡大していることである。それは明らかに、「満州」「大陸」という地とリンクしており、事務所壁面に飾られた首の剥製ということで、広田一家やマリとのかかわりを否応なく保つものである。工場主広田は羽振りのよかった満州時代を記念して、庇護を受けた軍人からの贈りものとしての虎の首を飾りたてている。女遊びを盛んにした罪ほろぼしの気持ちがマリを雇うことにつながっているのだが、もしかするとマリが広田の子かも知れないということが、広田一家のそれぞれの心に微妙な影を落としている。

「満州」ということばを聞いただけである種複雑な思いを抱くのは、今や特定の年代以上の日本人だけであろうか。それはともかく、それは、日本と中国との昭和の歴史のなかに確として刻みこまれた日本の植民の地であり、近代日本の原罪的な問題点として考え続けなくてはならない歴史である。「朝鮮・部落・沖縄」を原罪として意識していた木下にとって、満州もまたそれにかかわり、それに並ぶ内容として位置づいていたといえる。

とにかく、この「虎の話」は、利根とマリとの「愛」の葛藤を有効に表現するための設定だが、その次元にとどまらず、戦中・戦後の「歴史状況」「時の流れ」という作品の土台を形成する要素となっていることをおさえたい。

作者が採用した表現手法の代表例をいくつかあげて述べてきたのだが、確かに『暗い火花』には多くの「戯曲としての実験」がある。その「実験性」を強く意識して、上演を認めようとしなかった経緯もある。事実、木下の意図どおりにその実験を舞台化することには、上演者の深い理解力と高い表現力（演技者だけでなく舞台スタッフも）が求められることは確かだ。

しかし、それだから失敗作だということはできない。それどころでなく、わたしたち関・吉田は、この作品に強く心ひかれ、すぐれた作品として評価したいと思っている。手法だけに眼を向けると、試行の多さが気にならないでもないが、それとあわせて、描かれた表現の内容をたどっていくと、それぞれが「テクニック」の次元にとどまらないドラマ世界を表現していることがわかる。したがって、この作品への評価として「実験」の面だけが強調されるのは正当ではない。利根・マリに集約される「意識」の抽出に努力が傾注されながら、中小企業で働き、そこにかかわる人びとの社会的存在、一九五〇年占領下の状況が鋭く追究されている。一夜、約二時間の現実時間、舞台時間のなかにそのすべてが凝縮された。まさにその時点の状況と問題とをとりあげて、しかも中小企業の労働の現場に場面を据えることで、日本と日本人の実存の様相と意識とを描出した作品として理解できる。しかも、一九五〇年の日本の現実を過去の中国大陸侵略の歴史にまで拡げ、さらに、利根とマリの「愛」をロマンとリアルさの両面から魅力的に貫ぬいている。

敗戦から五年後のこの年は、戦後日本社会のありかたにとって決定的な転換点となった。軍国主義支配からの解放とも思えた何年間かは、実は、アメリカ占領下の右傾政策が、内外ともに構築される時間であったのだ。作品は、今から考えると、執筆時の木下の認識を超えていたかもしれない、時代と人々の様相を見事に描き出している。

『山脈（やまなみ）』で「八・一五」の楔を打ち込んだ木下は、この『暗い火花』では、日本の戦後の出発地点を一九五〇年の政治・経済状況として、時代のくさびを打ち込もうと意図したのではないか。

『暗い火花』は、『風浪』『夕鶴』から『山脈（やまなみ）』の課題を持続してひきつぎ、集約し、「ドラマ」を戦後の現代の場に据えて展開した意欲作だといってよい。一九五七年、「ぶどうの会」のわずか二日間の試演会以降、ほとんど上演の機会を半世紀以上持たずに過ごしているのは残念なことだった。

ところが、二〇一〇年になって、関きよし演出による「池袋小劇場」の上演が果たされた。関にとって、宿願としての『暗い火花』上演である。それに対しての意見は、後述する関と吉田との対話によって具体的に示したい。

ただ、観劇した吉田の感想を一言だけ述べれば、木下のドラマ世界がその舞台から確かに手渡されたことを評価する。そしてその支えとなったのは、〈木下の実験をそのまま実験する〉という上演意図であり、作品のせりふをいささかも変えることなく、また、ト書きに指定された内容もできるかぎり忠実に果たそうとしたとりくみにあった。忠実に「実験」することによって、『暗い火花』のドラマは、一九五〇年をそのものの姿として示しながら、そのことによって、六十年後のいまの状況につながるものになったといえる。木下順二のモチーフ、スタイル、テーマが眼前の舞台に生きていた。

『暗い火花』は「戦後演劇」として貴重な作品である。わたしたちの眼と認識を通して、いまの時点からの正しい評価を与える必要がある。

『蛙昇天』――真実を真実として語ること

日本の近代史百五十年の時代を考えたとき、明治維新について、十五年戦争の敗戦は、日本社会の最大の変革期となった。さらに、その「戦後」としての問題点をとらえたとき、敗戦から五年後の一九五〇年がその大きな曲り角の年になったといってよい。軍国主義支配からの脱却、民主主義実現への歩みとともとれたこの数年は、アメリカ占領下の右寄り政策が日本の保守勢力の復活とあいまって急ピッチに再編成される時間でもあった。すでにはじまっていた米ソ対立の「冷たい戦争」は日本をも巻きこみ、政治的な面をいえば労働運動や革新勢力の抬頭は、公務員の政治活動禁止、レッドパージというはげしい逆流によって何層倍かにはねかえされていく。経済的にはドッジ均衡予算政策の強化が強圧的に進み、国際的には前年の中華人民共和国の誕生に続いて朝鮮戦争が勃発するのがこの年である。

木下順二が自分の劇作をその「現在の時点」に焦点を合わせて具体化していったとき、彼が直面しなくてはならなかったのは、そうした状況変動にふりまわされながら生きる人びとのありようであった。一九五〇年、『暗い火花』はその中で書かれ、それにひき続いて一九五一年に『蛙昇天』が生まれる。関連させていえば、一九五三年に発表・上演された久保栄『日本の気象』は、敗戦時から一九五〇年にいたる、「戦前の旧日本」から「戦後の旧日本」へのコースを気象学者・気象にたずさわる労働者の姿を通してたどった作品であった。

一九五〇年二月に生じた「徳田要請問題」は、前年の総選挙で三十五人の代議士を当選させた日本共産党に対する露骨な攻撃であった。その件について、占領当局の指示のもと、国会が委員会によって取り上げる事態がつくられたのである。「菅証人事件」がその中心となる。菅季治という青年が国会の証言台に立つことになった。その内容、経過については、彼の大学時の師であった哲学者務台理作が、未來社刊『木下順二作品集Ⅴ』の「月報」に執筆している文章の一部を引用させてもらう。

どうして彼が国会の証言台に立たされることになったのか。それは彼がソ連カラガンダ市に抑留中、一九四九年九月十五日、日本軍抑留者たちに、エルマーラエフ中尉というソ連政治将校の伝えた言葉の中に、日本共産党徳田書記長の要請というものがあり、それは「反動者は日本に帰してくれるな」ということで、それを菅が日本語に通訳してきかせたというのである。このことは一九五〇年二月、ソ連からもっとも遅く帰還してきた人々の中の「日の丸梯団」というものが、国会に訴え出て大きな政治問題となった。保守派が共産党を攻撃する絶好の材料となったのである。この記事が新聞に出たのが二月十六日。菅はこの記事を見て、いずれは自分も通訳として、この問題の渦中に入れられるにちがいないと、覚悟したらしい。

菅の実弟忠雄氏の手記によると、どうせ国会へよび出されるならば、自分で先手をとって、「日の丸梯団」の訴えの間違っていることを世に公表するべきだと覚悟したらしいという。三月四日彼は朝日新聞とアカハタへ当時の通訳者として、事実は「日の丸梯団」のいうようでなく、「日本共産党書記長徳田は、諸君が反動分子としてでなく、よく準備された民主主義者として帰国するように期待している」と通訳したという旨を投書した。それは三月八日の朝日新聞に出た。こうして彼は、自分では静かに哲学に没頭していたい、ただ世間からそっとしておいてもらいたいと望んでいたにもかかわらず(三月八日の日記)、自らとび込むような形で、政治の渦巻の中へひき込まれ、三月十八日参議院、四月五日衆議院の証言台に立たされた。とくに衆議院考査委員会では、徳田書記長がソ連に向って、反動分子は帰国させるなと、とくに「要請した」ということの有無について、きびしく問いつめられた。彼は、自分は「国民の一人として、真実を伝える」ものであって、事実は朝日に投書した通りであるといって、一歩も退かなかった。彼はその翌日に六通の遺書を残して自殺したのである。(傍点は筆者)

その後、もちろん、国会の委員会は、共産党を断罪する結論を出した。GHQは、日本共産党中央委員の追放、機関紙「アカハタ」の発行停止を指令する。

約一年後、木下順二は、この事件を素材として『蛙昇天』を執筆、「ぶどうの会」による上演が果たされる。「素材として」といったがドラマはまさにこの事件と菅季治そして彼をとりまく人びとを正面切ってとりあげている。いや、その表現は正しくない。「正面切ってとりあげている」のだが、その事実に限定し収斂させるのではなく、その素材を通して問題を広く普遍化し、さまざまな人物の形象を通して「ドラマ」を成り立たせることがねらわれている。〝真実を真実として語ること〟また〝政治の現実をドラマとして描ききること〟が、木下によって具体化されたといえるだろう。

この当時、日本の社会は政治状況の激しい変動のなかで騒然としていた。五一年七月に朝鮮戦争休戦会議が開かれてもまだ戦闘は続行されており、対日戦連合国の一部との単独講和でなくすべての参戦国との全面講和をとの運動があったが、九月にはサンフランシスコでアメリカを中心とした対日平和条約、日米安全保障条約が調印された。そして、五二年五月一日のメーデーに皇居前広場でデモ隊と警官隊が衝突する。「血のメーデー」事件である。

『蛙昇天』が上演されたのは、その事件から一月余の後、六月十三日から三日間、三越劇場においてだった。観客の多くにとっては、「ドラマ」を鑑賞するというより内容を「現実」と結びつけて受けとめる精神状態が強かったといえる。観劇した関きよしは上演の印象を次のように記録している。

開演前からデパートの劇場入口付近から場内ロビーはかなりの人集まりであった。観客以外の「支援」の人々、カンパや署名を求める人やビラやプラカードを持つ人もいた。終幕近く山本安英演じる母親コロの「戦争は嫌です！」の叫びには拍手と掛け声があった。そのあと人間の世界にもどって幕がおりるのだが、作者の工夫で蛙の世界に置き換えられた構成が、客席騒然の中では生きてこない。劇が終わっても、しばらく人集まりはガヤガヤつづき劇の余韻は確かめようもない。

作者が苦心して工夫したこの（ドラマの）枠組みは当時の観客のほとんどに無視された、といってよいと思う。そして、作者が危惧した「観客の持っている現実の知識によって芝居の内容が限定されてしまう」こととなった。

五二年の上演でその時期の現実の制約から、失敗とはいいきれないが、かなり不幸な上演結果であったことは事実とあえて認めなければならない。

作品の特徴は、まずなによりも、ドラマの場を蛙の社会の出来事に据えたことである。前かしましい蛙の声の中に「男」が登場し、観客を蛙の世界に誘導していく話題を展開してから、前の池に石を投げる。われわれの知らないカエルの世界ではそれが一体どういうふうに受けとられるか。幕が開く。そして当然のことながら、ドラマが終わる幕切れに、「男」は再登場して、観客にこう語りかけるのだ。

（ぶらぶらと歩いているが、ふと立ち止って）よく鳴く。実際よく鳴きますね。どら、もう一つ石を投げてやるかな。（石を拾う。——考えて）だが石の一つや二つほりこんだって、ドボンと落ちてきたこの小石——いや、彼らにとっては大きな岩であるこれがですね、一つや二つや十や二十落ちてきたって結局ひとっきり騒ぎたてるだけ、ひと間《ま》過ぎれば落ちてきたのもこなかったのもおんなじってことかも知れない。いや、どうもそうらしいですな。まったくカエルのつらに何とかってやつだ。とするとつまりはこうやって永遠に鳴きわめいて行くよりほか、何もやりようはないもんでしょうかね。……しかしまったく、いつかもいったように、同じ一面のカエルの声でもこうやってよく聞いてるといい声もある、悪い声もある。そういうことはあるわけだ。……それはそうだ、うん………

（間）（略）

蛙社会への状況の転移は、現実に生じた「菅証人事件」の生々しさをやわらかくして権力や保守勢力からカムフラージュするはたらきを意図するものではない。逆に、現実にはっきりと向きあって表現する、新しい「現代劇」を生みだそうとするドラマトゥルギーがそこにあったとみる必要がある。そのことは、観客も読者も充分に理解できる設定だ。

木下は、それまで多くの「民話劇」を誕生させてきた。蛙の世界という設定は、「現代の民話劇」としてその流れのなかに位置づけることができる。作者自身もそうした発言をしている。また、民話の手法を「いま」を描くドラマの創作に適用したという考えも成り立つ。ただ、この状況転移によってこのドラマを「寓意劇」だととるのは正しくない。『蛙昇天』における蛙世界の設定は、民話劇ととろうと現代劇と規定しようと、「事実」と「政治」と「形象」とを適確に描くための不可欠な条件として作者が発想したのだと把握したい。そのことによって政治家の言動を類型化し、遠慮なく戯画化することを可能にして、彼らの意識と政治の仕組みを鋭く表現できたことを見落としてはなるまい。久保栄が『五稜郭血書』で、榎本武揚など主要人物の形象を戯画化して、明治維新の本質、支配者と民衆との力関係を如実に示し得たことを想起する。「事実」を「ドラマ」として成り立たせること、「真実」をデフォルメすることなくそのものとして表現する「作品」を生み出すことが、蛙社会に状況転移することで可能になったのだ。

その点について、加藤周一が次のように評論しているのは充分に納得できる。

小説がフィクションになる前に世の中がフィクションになった。世の中の万事が小説以上につくり話じみてみえる。——まことに奇妙な感じだが、これが多くの国民の意識下の実感であるとすれば、それを意識の表面にもちだすことは文学者の仕事にちがいない。木下順二氏が『蛙昇天』を書いた動機はそういうものだろうと想像される。(一九五一年五月「毎日新聞」)

それから六〇年が過ぎたいま、この指摘はますます適切なものだと思われ、『蛙昇天』の現代における意義をますます感じさせる。

さらに加えて、この設定が、木下の一貫して追究する課題のひとつ、知識人と民衆とのかかわりを直截的に表現する力となっていることも理解したい。『蛙昇天』で、菅季治が重ねあわされる哲学の学究の徒シュレは、自分の思いを率直、端的に語ることが多い。日本社会のありかたの把握、民衆へのプラス・マイナスの評価、そして自分自身に対する認識などについても、ひとの日常的な対話の延長としての「せりふ」を超えて彼は語る。

わたしたちがとりあげている三つの作品についてみれば、シュレに近い存在は、『山脈(やまなみ)』の山田、『暗い花火』の利根であろう。山田・利根もドラマのなかで自分の思いをよく語っている。シュレもふくめてその差異をみてみると、「山田の語り」は、ドラマのその時の状況に応じてとし子や原山を相手として話す、必然性のある「せりふ」として果たされている（果たされざるを得ない）。「利根の語り」はあくまでも彼の「意識」のなかで展開する表現として試みられていった。そして「シュレの語り」は、ドラマの課題をシュレ自身のことばとして大胆に「吐露」する特徴をもっている。日常的な場面では発することがなかなかにむずかしい想いを、木下は、蛙の世界に在るシュレには語らせることができた。一例をあげよう。

いいですよ。ちっとも何とも思ってやしません。お母さんは善意でやったことなんだ。僕のためを思ってやって下さったことなんじゃありませんか。ただ……お母さんの善意が結果としては正に正反対のことになっちまった、そのことが僕は腹が立つんです。いや腹が立つというより……誰へも持って行きどころのない怒りを感じるんです。……僕は……自分でもちょっと不思議なんだが……おじさんに対してもあんまり怒りを感じない。あの委員長に対しても……それからあの、僕を日記でやっつけたクイックっていう委員に対してさえ、あんまり怒りを感じないんです。……何だかみんな、なにか影絵の影法師みたいな気がするんです。……ただしかし、あの連中が集まって作り上げるあの委員会――ってより、あの委員会みたいなそういう現実に対しては押えようのない激しい怒りを感じる。いや、怒りってより……絶望だな。……僕はこんなに総てのカエルを愛してる。この池じゅうの一匹一匹を、いやこのアオガエルの池だけじゃない、ツチガエルもアカガエルもモリガエルも、総てのカエルに僕は深い深い愛情を感じてる。だのにその愛情は完全になんにもならないんだ。何の足しにもならないんだ。……残ってるものは、カエルそのものの、カエル全体の運命に対する無力感みたいなものだけなんです。……暗い……暗い感じ……しかも、やっぱり僕はカエルの運命を信じてる。真理の存在を信じてる。ただ……僕にはどうにもならないんだ。……

多くの登場人物についても同じことがいえる。

自分の思念と心情とを語るシュレを中心において、母親コロ、彼に好意を寄せる従妹のケロ、戦地・抑留時代からの友人グレが、それぞれシュレに対する愛情、心づかい、友情を率直にあらわして、シュレの思いを受けとめようとする。そして、自己中心のありかたをさまざまに示す民衆たちの存在。また、それらのすべてを網のなかに捕えて支配しようとする政治家たち。彼らが何重かの輪をつくってシュレを取り巻く。

さらにいえば、問題点を冷徹にとらえるクォラックス博士がその外にあって状況をみつめ、もうひとつその外から蛙の社会を眺める人間の「男」が、蛙たちとわたしたち観客を結びつける。

こうした多層なドラマ展開を可能にしたのは、蛙世界に場をすえたからこそのことである。

読者・観客は、作者が描く蛙のドラマを客観的に視ながら、人物のせりふ・行動の展開に共感し、反撥し、両者が交錯する営みを通して、自分のドラマ認識を構築し、現実の課題と否応なく向き合う。そういう条件を作者は用意した。

作品の内容を、劇全体の構成にしたがって、少しく丹念に確かめていきたい。

冒頭と結末に登場する、人間の「男」によって導入され、また結ばれるこの戯曲は、かなり長いプロローグと五つの幕で組み立てられた。

プロローグ　ひとの投げた石によって混乱の生ずるアオガエルの池
第一幕　議員ガー氏とその娘ケロの家
第二幕　コロと息子シュレの家
第三幕　国会の議場
第四幕　コロと息子シュレの家
第五幕　議員ガー氏とその娘ケロの家

三幕を中心にして、前後にまさに対称的な位置で場面が設定され、ドラマが進行する。奇数幕では「政治」と「権力」のかけひきとその非情さが露骨に示され、偶数の二幕と四幕はシュレの思いと彼をめぐる親しい人たちの思いとかかわりとが交錯し、互いの情感と認識の双方が深まりながら表現が進んでいく。シュレの国会喚問の第三幕は、このドラマの核心だともいえるし、また、巧みに設定された「劇中劇」としてもとれる。シュレを惑乱状態に追い込んでいく政治家たちの弁舌の描写は、用いられることばの組み合わせ、発言内容とそのあらわしかたの質の差、それぞれのテンポ、積み重ねなどの表現が、傍聴人の反応もあわせ、戯曲作家木下順二の力量を出しきって果たされた感がある。登場人物にとってもそうだが、読者や観客も臨場感を充分に味わう場面となっている。

「劇中劇」ということでは、多くの人が、シェイクスピアの『ハムレット』を想起するのは自然のことだろう。事実、このドラマでは「ハムレット」にかかわるせりふが散見される。第二幕、従妹のケロが父の禁をやぶってシュレをたずねてきている場面で、「あなたはちっとも変わってないみたいだなあ。憂鬱なるハムレット」とシュレに話しかけ、「『ホレイショー、君の哲学では夢にもはかり知られん多くのことが、この天地の間《かん》にはあるんだぜ』」とハムレットのせりふを語る。「あたしこれでも学校の劇でハムレットをやったのよ。大いに憂鬱にやろうと思ったんだけど、とっても陽気なハムレットだっていわれちゃった」とも話す。それらのせりふから刺激を受けて作品を読むと——いや、そうしたせりふを前提にしなくとも——、シュレはハムレットに近い形象のように受けとられてくる。彼の行動は真実を明らかにしようと苦悩する王子ハムレットを日本の現実に投げ込んだように感じられるのだ。そして描かれかたは当然異なるわけだが、母親のコロは「ガートルード」、ケロは「オフィリア」、「ホレイショー」としてのグレもそれにあてはまるかもしれないし、ガー氏は「クローディアス」の役割を持つということになるであろうか。(うがち過ぎといえるかもしれないが、シュレの父が病臥にあって舞台にその存在をまったく見せないのは、『ハムレット』の父王とのつながりか。)

木下順二のこの時期のドラマには、確かにシェイクスピア劇の影響がうかがいとれ、劇の発想のどこかにシェイクスピアの作品が、陰に陽に見えかくれする。それらは技法にとっての参考としてではなく、演劇思想として木下のドラマトゥルギーの土台にすわろうとしている。『暗い火花』についての記述で『マクベス』について触れたが、『蛙昇天』でも『ハムレット』とのかかわりを指摘することは、見当外れとはいえないだろう。

各幕の内容について、作品に触れたことのないかもしれないこの文章の読者といっしょに考えたいために、そして、わたしたち自身の確認のためにも、せりふの一、二の引用をまじえ、その基本を以下に記したい。

〈プロローグ〉

池の底の蛙の街。上から投げ込まれてきた大きな岩について、カプリ党の陰謀と主張する「帰還貫徹推進同盟挺進隊」の若い男、人間のやったことでたいした問題ではないという年寄りの大学教授クォラックス博士。コロとケロもちょうど群衆のなかにいあわせる。デモフリ党国会議員カエルのガー氏とグー氏が登場、この出来事をカプリ党攻撃の材料にできないかと画策をはじめる。当時の読者・観客にはそれだけで充分すぎるくらい理解できる状況だ。

やや長いプロローグは、多くの群衆が強い意見の方にあちらこちらとなびいて移っていく様相もあわせ、一つの事件が政治的なとりあつかいによってまさに「政治的」に動いていく方向をも示す。

〈第一幕〉

ガー氏の家、あの事件のとりあつかいをめぐって、グー氏と今後の展開の打合わせ。請願や陳情の多くのカエルがガー氏との面会を待っているようだ。

アカガエル池に五年も抑留されていた、ガー氏の甥のシュレが帰ってくるとの情報が入っている。シュレが出征前娘のケロと交わした手紙を発見していたガー氏は、彼に好意を抱いているらしい娘に、シュレが帰国してもかかわりをもつことを禁ずる。「大分向うの色に染まってな、帰ってくるらしい」からだ。

シュレの帰還は、たずねてきた妹、シュレの母親コロにも伝えられる。ただし、次の内容と厳しい依頼を含んでのことである。

つまり、このところアカガエルの池から帰されてくる若いもんが沢山、いや若いもんに限らんが、われわれアオガエルとは大分違った色に染まって帰ってきよる。それも最初の頃ははっきりからだの色まで違って堂々と帰ってきよったが、近頃は一応見かけだけは緑色のままでもなかなか油断できん。つまり巧妙にカムフラージをして帰ってくる分子が多いのだが、シュレもどうもその仲間であるらしいというわけだ。

（略）ちょっとでも何か変った点に気がついたらおれに知らせてくれんと困るよ。そうでないとおれは責任は持てんから。

（略）一番細かく観察できるのは母親のお前さんなんだから、注意してよく見ておいてからに、少しでも何か不穏なようなことを口にしたら漏らさず報告してもらわんと困る。分ったな?

その後でガー氏は陳情者の一団「アオガエルの池防衛突撃隊」の代表と面接する。彼らは、アカガエルの池からの帰還者の問題をとりあげ、「わがアオガエルの池に巣喰って彼のアカガエルの池と緊密なる連絡を保っておりますところのカプリ党は、俘虜としてかの池に未だ抑留せられあるわれらの同胞のアオガエルが、全部アカガエルに変化するまでは帰してもらっては困るということをかの池の当局へ申し入れておる」こと、その証拠として、抑留時、俘虜収容所長が公言し、通訳が確かにそのような通訳をしたのを記憶していることを告げる。その通訳の名前は「シュレ」、顔もしっかりと覚えていると力説する。

〈第二幕〉

帰国しているシュレをたずねて、こっそりとケロがやってきている。娘らしい明るさをもって素直にシュレにふるまうケロ。考えこんでいるシュレ。彼を見る周りの目もさることながら、きのうの新聞に〝カプリ党要請問題〟に関して通訳者シュレの名が出されたこと、そして何よりも、「真実」についての思いと自分自身のありかたとが彼の心をとらえて離さない。「そっとしといてもらいたいんだ。誰も僕にさわらないで勉強させといてほしいんだ」と願いながら、一方、

何だかもやもやしてる。……それは前から感じていたんだ。ううん、おじさんだけが特にどうってんじゃない。何となく、帰ってきた僕をみんなが色眼鏡で見てる。……そのもやもやが、けさの新聞で少しはっきりしてきた――と同時に僕の考えてたのより相当広い範囲で、そしてもっと重大な意味で僕の通訳のことが問題になってる。……予感があったんだ。いや現在予感があるんだ。……僕一人がどんなにいやがっても、どんなにそっとしといてほしいと願っても、いつか僕はどっかの広場に引っぱり出される。……

の「予感」が彼をとらえてはなさない。
戦友だったグレの訪問。貧しい彼は生命保険の外交員で、シュレへの親しさを強くもちながら、生活のためには保険にもなんとか加入してもらいたい。それを断らせるコロと「民衆」をめぐって、シュレの激しい意見のやりとり。自分はいったい何をしてきたのか、今どうすればいいのかをシュレは考えざるをえない。戦前、兵士として引き出されていくときの、五年も前の自分の「ノート」のことばが彼の思考を刺激する。そのあとでのシュレとケロとの対話。

ケロ　いつだってあなたはそうだわ。ただ自分で思ってるだけ。口でいうだけ。ちっとも行動で表わそうとしやしない。そうじゃない？
シュレ　いや、そりゃ前は僕、そうだったかもしれない。けど、今の僕は……
ケロ　どう違うの？　自分だけ明るくなったとか何とかって、ちっとも変ってやしないじゃないの。何だかんだって考えることばかり考えてて、ちっとも実行しやしないじゃないの。何よ？　歩き出すって。
シュレ　うむ？　歩き出すのさ。新聞社へ向って。いや社会へ向ってかな。……うむ僕は訂正を申しこむよ。
ケロ　……
シュレ　（ノートを繰っているが）ゆうべね、ここンとこ読み返して感心したんだ。われながらね、いいこといってる。五年も前に。（読む）「わたしは近く戦場に行く。……そこでわたしは死ぬであろう。……今自分の短かかった生涯をかえり見ると……それはあまりにも貧しく寒々としている。……少くとも今日までのわたしは、一匹の平凡なカエルであった。そして一匹の平凡なカエルとして……わたしはもうすぐ死ぬであろう。……社会を変革する力も、歴史の大浪を押し返す力も持たないままに。……だとすれば、せめてわたしは、日常の小さなことでも、自分のできることは、怠けないでやって行こう。道を邪魔してる石があったらのけてやろう。ひもじそうな年よりがいたら弁当をわけてやろう。ころんで泣いているオタマジャクシがいたら駆け寄って起してやろう」……(間)うん、僕は、新聞社に訂正を申しこもう。あの記事は嘘なんだ。嘘は正さなきゃいけない。真実は守られなきゃならない。われわれの時代には真実でないものが支配してたなどとのちの世に笑われちゃいけないんだ。僕は通訳の当事者なんだ。本当のことを知ってるんだ。新聞記事の訂正という小さなことでも、僕はやらなきゃいけないんだ。そうだ。僕ァやるよ。

間——

ケロ　あなたのいい方、いつも少し大ぎょうだわ。

シュレ　……

〈第三幕〉

議会委員会における証人シュレの喚問。それは前に触れたように、政治家が、相手の主張はどうであれ、事実がどうであれ、とにかく自分の意図する方向に誘導し結論づけていってしまう場である。

シュレは、去年アカガエル池の俘虜収容所で、俘虜の「われわれはいつ帰れるのか」の質問に対し、所長が答え、自分が通訳したことばを正確に伝えようとする。新聞に伝えられた「皆がアカガエルになるまでは俘虜は帰さないでおいてくれ――こうアオガエル・カプリ党からいってきた」は、彼が通訳した表現では、「諸君の池のカプリ党は、諸君が反デモクリストとしてではなく、よく準備されたデモクリストとして帰ってくるように期待している」であって、報道されている「要請」ではなく「期待」のことばだったというのが彼の証言である。

議員たちのかける次々の網。幕のはじめにグー委員長がいう、シュレが新聞記事の訂正を申し出たのは、字句問題ではない意図があったのではないか、誰かの意見（それはカプリ党を意味しているが）を帯してのことではないか、でスタートする。記憶と事実の差をつくことから、シュレが通訳として特別待遇を受けていたのでは、アカガエルと協力する立場にあった、シュレはカプリスト、アカガエルになっていた、とすすんでいく。「要請」か「期待」かはほとんど議員たちの問題でなくなり、シュレ自身の存在そのものに焦点があてられることにすすんでいく。

そして、ある委員が、シュレの日記、それは母親コロが兄ガー氏の命にしたがって、シュレの意識をはかる資料として、帰国後の日記をこっそり渡したものが出所なのだが、その一部分のことばを読み上げて、シュレを追及する。

シュレ氏に伺いますが（紙片を見ながら）『社会を組織し、方向づけ、民衆を革命へと動かすこと』

——これはどういう意味ですか？

当時の知識人（にかぎらず）であれば、「理想」として考え、「課題」のひとつとして設定し、「思索」に値する内容とするのは当然であったといえる。しかも自分に対する、日記の語句である。当時、わたしたちもまたそうであったし、多くの若者たちがその実現を願った命題であった。

場内はシーンとなり、そして、騒然となる。

その委員は、他の議員のさまざまな発言の後、次のことをいう。

（略）本当は要請という言葉は、表現はともあれ、あなたはほかの者が皆了解しているように訳したのだが、こちらに帰っていろいろ問題になってきたから、カプリ党のためにもあまり波瀾が起きないよう、極めて微温的に期待と……

疲労の極に達したシュレは倒れる。

なお、議場の傍聴席にはコロとケロそしてグレも来ていて、場面の進展に彼らなりに対応していたことを付言しておく。

〈**第四幕**〉

第二幕と同じように、「庭にしゃがみこんでじっと地面を見つめているシュレ」。ケロがやってくる、彼をはげますために……。

シュレはケロに対して、次のような言葉を語る。

（略）何ていうのかなあ……一番本質的なもの……良心、われわれの良心っていうか……いや、ちょっと違う。正義——とも違うんだなあ。どうも言葉に出すとみんなそらぞらしくなっちまうんだけど……ほら、あるだろう？　そういうものが。真実を真実だとする精神みたいなもの。真理の存在を信じる感覚みたいなもの。……そういうものが根本的にあるはずだろう？　そういうものがあるからこそわれわれは生きてられるんだし、そういうものに信頼してるから、われわれはわれわれの遠い将来の発展ってことを信じることができるんだ。そういうものが根本的になきゃいけない、ある筈だ。……そういう信念で僕は出て行ったんだ、あそこへ。

ところが……なんにも無くなっちゃったんだな。

（略）そういうものの上に載っかって考えたり行動したりしてた僕自身の存在ってものは一体どうなるんだ……。とっても暗い……暗いんだ……

グレもやはりはげます目的をもって訪れる。対するシュレのせりふのいくつか。

僕が何を考えてるかなんてことは必要じゃないんですよ、あの議員諸氏には。（略）……ただ僕が……僕のいうことが、あの諸君にとって役に立つものであるかないかってだけのことなんだ。

（やがて、泣くのをこらえているような声で）やり切れない気がするんだよ、僕ァ。

（略）もっと本質的な……何ていったらいいんだ……怒り……怒りと絶望……こういう事実に対する……カエル全体の宿命みたいなものに対する……（ぶつけるように）どうしたらいいんだよ！

え？　答えてくれよきみ！　ほかにきみしか答えてくれる奴はいないんだよ！　僕にはいないんだよきみしか！

話しながら、シュレは、自分の存在について、カエル社会のありかたと未来について、さらに思いつめていく。

母親コロの愛も友人グレの気づかいも、見守るケロの心配も、ここではシュレを動かすことができない。そのあとコロとシュレによってなされる親子の対話は、シュレの思いが冷厳に語られている内容として、ドラマの重要なしめくくりになる。そして、散歩に行くといって、シュレは庭から出ていく。

〈第五幕〉

第一幕と同じように、グー氏とガー氏が、自殺したシュレが起こした新聞や雑誌での大きな波紋に、政治家としてどう対応し処理するかを検討する場面。そのこととかかわって、また、全くかかわることなく、母親コロ、そしてケロやグレたちが示す言動がドラマの前面に出てきて、わたしたちの心に届く。

冒頭の、コロの長い「モノローグ」。

（つぶやくように）……シュレちゃん……シュレちゃん……あなた……どうして死んでしまったの？……どうして、母さんになんにもいわないで死んでしまったの？……どうして母さんになんでも打ち明けて相談してくれなかったの？……（間――）そうよ、あなたはふっと……あの時散歩に出て、途中でふっと死んでしまったのね？……自分でもよく分らないうちに。……あなたはつかれてたんだわ。とてもとてもつかれてたんだわ。かわいそうに。かわいそうに。自分でも分らないままで、ふうっとあなたはやっちまったのね？　ね？　そうなのね？……いいえ。嘘。嘘。分っているの母さんには。あなたがどんなに苦しかったか。どんなに苦しんで死んで行ったか、母さんにはようく分ってるのよ。かわいそうに。かわいそうに。ごめんねシュレちゃん。あの時母さんがやすませてあげればよかったんだわ。何でも、あなたがどんなに怒っても行くのをとめて寝かしてあげればよかったんだわ。あんなに、あんなにこづき廻されて、叩かれて殴られて蹴られてピシャピシャにつかれはててそして苦しんで苦しんで考えこんでいたあなたを……ああどうしてわたしはやすませてあげなかったんだろう！　寝かしつけてあげなかったんだろう！　ごめん、ごめんねほんとうに。ばかだったんだわ母さんが。かんべんしてねシュレちゃん。……（間――）分らない。分らない。母さんには分らない。どうして、何が一体どうしてこんなことになったんだか母さんには分らない。母さんにはなんにも分らない。……いつかあなたは母さんに怒ったわね、母さんはなんにも分らないんだって。どうして分らないの？　母さんには。あなたに分ることがどうして母さんには分らないの？　え？　え？

ガー氏とグー氏とが、シュレの自殺が計画的か思いつきかをコロに確かめる。グー氏が「少し突っ込んで伺い過ぎましたかな。あなたが忘れよう忘れようとしておられることを無理にこじ開けるようでどうも……」というのに対して、コロはいう。

わたくし、忘れようなんかと思っておりません。はっきりと、忘れないように覚えておこうと思っております。

違います！　あの子はあなた方の犠牲です。

あなた方が、御自分たちに都合のいい結論を引き出すための道具に引きずり廻されて、アカガエルにされたり嘘つきにされたり、散々好きなようにこづき廻され踏みにじられ放り出されてあの子は死んで行ったんです。かわいそうです、かわいそうです、あの子はあんまりかわいそうです！

いいえ、いいえ、あなたはあの子がどんなに苦しんで死んで行ったか、それが分らないからそんなことをおっしゃるんです。いいえ、そんなことは考えてみようともなさらないんです。考えたって分りゃしないんですあなた方にはあの子の苦しみは。

陰で、彼らの話を聞いていたグレが姿をあらわしてのことばは、

（略）あんた方こそ聞いておれば何ですか、さっきから勝手なことを。（略）わたし達ァね、奥さんと、お嬢さんと、わたしと、三匹揃ってあんた方の面ァ見に来たんだ。あんた方の馬鹿面見にき

たんだ。シュレさんになり代ってあんた方の馬鹿面ようく眺める権利があるんだからこっちは。場面に登場している、あの、クォラックス博士はこういうのだ。

(略) さあさあ皆さん、もっと喋って。(眼をつぶって耳をすます) こうやってじっと聞かせてもらっておるとだね、だんだん分ってくる。美しいものと醜いものとが分ってくる。善いものと悪いものとが分ってくる。本当と嘘とが分ってくる。それはなかなか楽しいものです。どうぞ。……

わたしたちは、これらのせりふがあらわすなかみと人物たちがそれを受けとめたこころを、一幕から四幕までの展開に重ねて受けとめ、さらに、「菅証人事件」がもつ現実としての重い問題を、観客・読者である自分たちのありかた・生きかたにつきとおして考える。そして、二十一世紀に入ったいま、この『蛙昇天』にあらためて向きあって考えようとするわたしたちにとって、作品が執筆された一九五一年までの戦後の日本社会を自分も経過してきた現実の歴史として冷静にみつめ、再点検すること、そして木下順二のドラマトゥルギー、ドラマ構造と様式の実験との意図と果たした力を確かめなくてはならない。その作業の全体を通して、主人公の行動の基本となる「真理の存在を信じる感覚」がどんな「あるべきよい生活と未来」を志向するかを考える糸口としたい。

『蛙昇天』第五幕の最終場面は、こう書かれている。

ケロ　（突然泣き出す）おばさま……
コロ　（肩を抱いてやりながら）ケロちゃん、ほんとにいろいろありがとう。お蔭でここずっと淋しくなく暮せたわ。またちょいちょい遊びにきてね。
ケロ　いや、いや、いや……
グレ　（大声で唸る）うう、うう、うう、うう、わあ……
ガー氏　何だきみ、うちの中で馬鹿声を。
グー氏　僕は帰る。
クヮラ嬢　あら先生……
ガー氏　まだきみちょっと話があるんだ。
グレ　うう、うう、うう、わあ……
ガー氏　きみきみ……
クヮラ嬢　やっぱり電話かけましょうか？
ケロ　（コロの胸に）わたし、いい生活をして行きたいわ。美しい生活をして行きたいわ。
コロ　……（ケロの背中を叩いてやっている）
グレ　うう、うう、うう、わあ……
グー氏　貴様！（クヮラ嬢に）おいおい、早く呼ぶんだ警官を！
コロ　グレさん、帰りましょう。
グレ　うう、うう、うう、うう、わあ……

ケロ　（コロの胸に、烈しく泣く）
ガー氏　きみきみ……
グー氏　きみきみ……

これらの声々と重なってカエルの声々が聞え始めている。カエルの声々が高まって行くにつれて、それと入れ代りに舞台は暗くなって行き、ただ一面のカエルの声のみとなる。（略）

くりかえすが、一九五〇年という「時代」は、その後の、そして現在の日本を形成していく矛盾に満ちた転換期の「歴史」だった。民主主義と社会主義という新しい思想が、われわれの眼の前と周囲に満ち溢れて、日本人の心をとらえた。しかし、それぞれが完全なものでなく弱点を持っていることを、アメリカ占領軍、冷戦、朝鮮戦争などが示し、一方、旧い日本がそれらと対立しながら支配力を決定的に強めていく。

木下順二は、その状況を冷厳にとらえ、またそこに己れの情念を人物のせりふとして発露させつつ、『蛙昇天』のドラマを創りあげた。

真実を実現しようとした人間の存在、誠実な民衆への信頼、未来へ寄せる期待を抱えながら現実には絶望せざるをえないという切実な思いが、そこに表現されている。ドラマと人物形象にこめられた戯曲作家木下の思考と営為とを、私たちは、「共感（同化）と認識（異化）」の両面から、それを統合するものとして理解したい。

わたしたちが受けとめる課題――「まとめ」としても

『山脈（やまなみ）』『暗い火花』『蛙昇天』を把える作業を開始したのだが、その内容はこれからも深めていかねばならない問題点としてわたしたちに遺されている。木下順二が自分のドラマ創作に求めた課題は、この三作に限定されることはなく、全作品（そしてすべての論述）を貫いているのだから。そして、その基本の方向を戦後五年のこの作品群はすでに指し示している。わたしたちの理解を前提にして、その内容を次の位置付けで概括し、その点に関していくつかの確認と補足の意見を述べたい。

(1)　十五年戦争から戦後の五年を経過し、はげしく変転する時代状況と日本人のありかたをみつめ、いかに生きるかの本質的な問題を表現しようとするドラマ。作者自身にとっての強いモチーフであり、追究するテーマでもある。そして、その後の全作品につながる営みである。

(2)　「現実」を鏡のように写し出す形象描写に執着せず、それを克服するねらいをもって、人物の意識や思考を大胆に「語らせ」、それを効果的に組み立てる独自な表現手法を模索するドラマ。

それは(1)の課題とかたく結びつきながら、一作ごとに大胆に思いきって試行されていく。

(3)　三つの作品に先行し並行する『風浪』『夕鶴』や多くの民話劇作品などと合わせ、歴史（時代）の人を支配する強大な力がそれと向きあう人間の生きかたとどうかかわるかを体現するドラマ。木下ドラマトゥルギーを明確にする出発点としての歩みとなった。

(1)について、

「戦争」下の状況と対峙して生きた体験、それをどう受けとめ、深め、戦後の課題として持続していくかは、劇作家木下順二の創作活動にとって、そして木下自身の人間としての存立にとって不可欠な問題となった。当然のことながら、戦後五年に書かれた三つの作品はそのことを色濃く示しており、その後の劇作にも継承されていくことになる。『沖縄』や『神と人のあいだ』などその課題と直接に向きあった作品はいうに及ばず、最終期の仕事といえる『子午線の祀り』『巨匠』にまでたどりついていく木下ドラマの不可欠な課題といえる。不可欠の「課題」ということは、木下順二は、背負い続けなければいけない歴史と自分への「責任」を創造の原点の認識として考え続けていることだ。

『蛙昇天』で、コロは、「何もかも戦争がいけないんですわ。本当に戦争っていやですねえ」ということばをくりかえす。そして、ドラマでのシュレの語る最後の最後のせりふは、「やっぱりね、お母さん、戦争がいやだと思うんならいやだっておっしゃい。やっぱりいいたいと思ったことは口に出していうべきなんだ」である。また、第五幕でコロは国会議員である兄グー氏たちに向かって叫ぶ。

一匹のカエルが死んで行くんだって、そこにどんなに大きな深い苦しみがあるか考えてみることもできない方がそんな……そんなに簡単に、何万も何十万もの男や女が死んで行かなければならない戦争のことを……口先だけで戦争の犠牲だとか何とか、そんなことをおっしゃったって、あなた方は、あなた方はそんなことおっしゃる資格はないいんです！　戦争のことなんか、あなた方何も考えてらっしゃりゃしないいんです！

『暗い火花』では「戦争」そのものへの考えを直接とりあげたせりふは表面上にはない。しかし、戦争にかかわることがらは全体に満ち充ちている。

主人公利根は、学生時から戦場に引き出され、俘虜生活を経て復員してきた。親会社の古田も中国大陸を転戦した上等兵だったことを語っている。利根の父も母も戦災で命を落とした。そしてその上に、「満州」をめぐっての話の展開が、この作品に大きな影を落としている。満州で軍隊向けの仕事での羽ぶりのよかった広田は、特別な兵器の部品をつくり、神保という少佐が贈ってくれた「虎の首」を満州時代を記念する誇りとして飾っている。その兵器は、化学・細菌兵器づくりや中国の人たちを生きた材料として人体実験を行なった、あの七三一部隊とのかかわりを想像させる。大陸生まれのマリに目をかけてやったのは、もしかすると、向こうで女遊びをしたい放題した結果かもしれないことの罪ほろぼしの思いがあるからだという。当然のことながら、「満州」は広田やマリをめぐっての因縁話ではなく、日本の植民地支配の歴史の「悪」を表現している。「虎の首」と「牝虎の話」はその事実とかかわり、その罪を象徴するものである。

さらにいえば、ジープやダンスホールの音楽、ラジオのニュースなどが、ドラマの背景として、土台として、敗戦直後の時代状況を端的に感じさせる。表面には強く出されないが、敗戦によるアメリカの支配は、設定としてドラマに不可欠なものだ。戦中から戦後の歴史の流れは、『暗い火花』のドラマ展開に決定的に重い意味をもっている。

『山脈（やまなみ）』については、ここでわざわざ付言するまでもない。すべての人物（登場しない人々もふくめ）は、「戦争」に囲繞され、行動と意識を支配されている。それにどう対したか、そのものがドラマである。

「戦争」という時代状況を見つめる木下の視点は、当然、戦後の「現在」、進行していく「今」の状況に同じように向きあっていくことになる。『暗い火花』がそれであり、『蛙昇天』でさらに一歩進んでいく。それは、「状況」というより、それをつくりあげる「国家」「政治」「権力」の力とその中に生きる人の存在のありかたを問題にすることでもあった。五〇年代後半から、木下は、そのさまを注視するだけでなく、自らも行動し、またそのことを書き誌していく作業にもとりくんでいった。木下にとって「政治の季節」といわれるとりくみがはじまっていく。その例として、わたしたちは、「一九五六・一〇・一三―砂川」という立川基地拡張をめぐる反対闘争（「砂川闘争」といわれる）のルポルタージュの文章、一九六〇年七月十九日ラジオ東京によって放送された「安保闘争」のルポルタージュ的ラジオドラマ『雨と地と花と』などを、わたしたち自身のそれと重なる体験を木下の思いに重ね合わせて忘れることができない。

それらは以降の作品にもひきつがれる。右の二つの闘争への参加と終結、結果としての現在を生きる労働者の姿を描いた、小説『無限軌道』、安保闘争が残した心の痛みと責任感とを戦前の弾圧の歴史と合わせ、親子三代のかかわりで位置づける『白い夜の宴』などをその代表としてあげることができる。だが、それらは、回想としての描写、怒りや主張の吐露の次元にとどまるものではなく、「作品」という普遍的な意味をもつものとして創造されていること、また、現実の「状況」や人びとの生きざまが「歴史」のなかにとりこまれて位置づかざるをえない「ドラマ思想」として深められていることをみる。木下の現実への強い問題意識は、そうしたドラマ作品として成り立っていることで、受け手であるわれわれの課題として、提起され続けられることになる。

もうひとつ、「知識人と民衆のかかわりかた」の問題を考えたい。『山脈（やまなみ）』の山田浩介がライフワークにしようとする「農村実態調査」は、日本の歴史と現実とのなかに見えてくる民衆の暮らしの実態を知識人がいかにとらえるか、それらをとらえる作業を通して自分の存在の意味を確かめるものだ。「民話劇」「民話の採録」にも精力的に取り組んだ木下順二にとってこの課題は重要なテーマである。

第一幕で、山田はとし子に話す。

こないだのさ、あの論文ね、（略）現地でさ、いろいろ調べてくるだろう？　そしてその資料を東京に持ち帰ってさ、研究所の机の上に並べて考えてるとだね、そりゃ、実に面白いんだ。あの山村の封建的自然経済ってものが、近代的貨幣経済の影響を受けてだんだんに解体してくる過程が実に鮮かに説明されちまってね、実に面白い……（略）解体過程が鮮かに説明されちゃうっていうけれど、実はこっちが鮮かに説明しちゃってるんじゃないか。説明しちゃって、それで満足して、そして喜んでいる。面白がって。……もうそこではさ、農民の、百姓の生活そのものとは何の関係もない「学者」になっちゃってるんじゃないか、僕は。……

山田は悩んでいる。それは自分が農村・農民をどうとらえるかという視点を超えて、農民と結びつく自分たちのありかたの実体こそが、欲する学問であり、研究であるからだ。

ドラマでは、彼の抱いた課題は、とし子に受け継がれていく。先に引用した、第二幕の最後、「実態調査」のノートをめぐる山田ととし子の対話は、山田のそしてとし子の認識を一歩深めるものとなっていく。

山田が死んで……戦後この山村を訪れたとし子が、原山との話のなかで、離れの部屋が「隠居屋」と呼ばれる理由をノートに久しぶりに書き付ける行動は、山田の願いを実現するだけでなく、とし子自身の自立にとっても大きな意味をもつものだ。そして原山もまた、二幕で山田が語った、「人間が努力して、その努力の仕甲斐のある、人間が人間として生き甲斐のある社会――そういう農村……ってものはどんなもので、またどうすればそうなるのか」を敗戦とともに考え続けている。とし子も原山も知識人とはいえないだろうが、その思いは、山田が抱いた課題、そして木下順二が志向するそれを、ドラマとして具体化して提示する表現である。

『暗い火花』の利根が、山田と近しい形象にあることはいうをまたない。ただ、戦中の身動きならない状況のなか、とし子との愛に心を支配され、研究者としてのありかたに悩みながら、農村民衆とのかかわりをなんとか探ろうとした山田とちがい、利根は、戦後の日本で労働現場に働くものとして登場し、自らの願う経営の近代化のとりくみが現実には実らずに挫折し、周囲と自分自身への不信にさいなまれている姿でドラマに登場する。時代と状況に主体的に立ち向かおうとして成功に背を向かれた、一九五〇年の青年のこころの葛藤表現である。

すでに述べてきたが、『蛙昇天』のシュレが背負っているものは、民衆とのつながりを欲しているインテリの、自己に忠実であろうとして、自分自身が追いつめられていく様ではないか。

第二幕、シュレが、友人グレへの対応をめぐって、母親コロとかわすせりふをみてみよう。

（略）無数の名もなきカエルたち。あの今のグレなんか、確かにゴミみたいな存在ですよ。（略）あいつの存在はこのあたり一めんに浮んでる微生物やボウフラと同じなんだ。

（略）僕のいいたいのは、そういうゴミみたいな、微生物みたいな、そういうのが一杯あつまってこの社会はでき上ってる。そういう「庶民」、「民衆」ってものでこの社会ができてる。それが大事なことなんだ。（略）

ね？　そう思いませんかお母さん。僕はこの五年間の生活を通して実際実にその問題を考えさせられたんだ。「庶民」って問題。僕たちなまじっか高等教育を受けたものが無意識に馬鹿にしてたあの『民衆』ってものの持ってる意味。……実際あの連中は一面確かにやり切れないほど愚劣なんだ。卑しくて哀れな存在なんだ。しかし一方においては大した知識を持ってるものなんだ。（略）

「民衆」ってものは実に偉大なものなんだ。

ここで語られているのは、あくまでも作中の「シュレ」の思いであり、この語りをも契機として、彼が国会証言にふみきっていく設定となる。だが、それらシュレのせりふの土台に木下順二が、この時点で、意識していた志向がこめられていることも確かだろう。

(2)について、

『山脈（やまなみ）』を自然主義的な作品であったとして、その克服を模索する木下順二が次にとりくんだ劇作『暗い火花』は、その基本を前述したように、実験的な表現方法に満ちた作品となった。作者は、「実験のための実験みたいにもなっちゃった」といい、その上演をなかなか認めようとしなかった。『蛙昇天』も、その蛙世界の設定と五幕の構成、人物形象に工夫を凝らした作品として成立したが、木下は、自然主義的な表現をひきずっているとして、肯定的な評価をくだそうとしていない。

木下順二が自作品に対してもった認識は、それはそれとして認めてもよい。しかし、読者・観客としてのわたしたちは、木下の意見を肯定して自分の評価とする必要はまったくない。むしろ、この三作品それぞれに、共感を抱くし、すぐれた作品としての評価を与えたいと思っている。それは何よりも、「リアリティ」を感得させるドラマとなっていることなのだ。作者がおそらく「自然主義」的とした、場面や人物たちの設定と展開、とりわけ彼らの語るせりふが、そのための役割を逆に荷っている、とわたしたちは考える。

三つの戯曲は、時代の状況を真正面に見すえ、そこに生きる人間の意識と行動とを執拗に追求して形象化している。主人公だけでなく、登場する人物たちが、主人公とかかわる、それぞれの位置づけをはっきりともち、生彩をはなって描かれている。人物の形象の確かさと表現方法の創意との緊張関係が保たれている。別の表現をとれば、「モチーフ」と「スタイル」と「テーマ」とが、それぞれ極めて強固で、また緊密に支えあっているドラマである。この「三位一体」が、わたしたちに「リアリティ」を感得させる力となっている。

田中千禾夫が、その著『劇的文体論序説』のなかで、木下作品をとりあげ、『暗い火花』以降の全作品を「観念劇」として規定している。この田中の把握をわたしたちは認めながらドラマとしてその「観念」の示す厳しさをよびおこされるのが木下ドラマである。田中もその点について、たぶんわれわれと近い立場をとっているのではないか。木下とは質をかなり異にするが、田中千禾夫も観念性の強い、そして三位一体を体現する作家である。

木下順二の創造の営みは、戦前の「築地小劇場」から「新協劇団」「新築地劇団」が体現した「近代劇」「リアリズム・ドラマ」の作品・舞台を受けつぐ立場に立ちながら、その質を現代に向けて超克しようとする創意に貫かれている。時代の課題に立ち向かい、新しい表現様式の具体化を求めた、まさに「戦後演劇」なのだと考えられる。

「表現様式」については既に述べた諸点もあるので、ここで深入りすることはない。作品・舞台に直接触れてもらうことが最上である。三つの作品に関して、その問題の延長線上にあり、あるいは前提ともなる二つの点だけを書きたしておきたい。

ひとつは、「語り」という点についてである。木下ドラマでは「テーマ」「モチーフ」「スタイル」の緊密なかかわりにもかかわらず、いやそれだからこそというべきであろうか、人物にかなり長いせりふを語らせるシーンが多々あることに特徴がある。それは、木下作品に限られる表現手法ではないが、彼のドラマでは厳しい作劇条件をもつがゆえにとくに感じる特質である。シェイクスピア劇やギリシャ悲劇の朗誦のせりふからの影響が示されているともいえるのかもしれぬ。それは語り手のおのれに対する「モノローグ」というより、聞く相手の人間を必要とする、まさに「語り」といったほうがよい。

『山脈（やまなみ）』でいうと、山田のせりふに、いくつもみられる。一方的にとし子に語る、そのひとつ。

しかし村上は実に幸福だった……僕にいわせればね。……つまり、君を信じきって死んで行ったわけなんだから。……実に貴重なことなんだよこれは、殊に今みたいな時代にはね。……自分は絶対に愛されてる……自分も絶対に愛してる……そういう信仰が持てたら、どんな境遇にどんな風に変ったって……たとい離れ離れになったってそれでいいんだよ。それで構わないんだよ。……ね？そうだろう？

逃避だっていわれるかも知れないよ、こんなことは。結局諦めだって非難されるかも知れないよ。けど、だけど僕は……そりゃこんなこと百万べん並べたって世の中はよくなりゃしないかも知れないけどさ、だけど現実では……そうでもいわなきゃ……考えなきゃ……そういう信仰を持ってなきゃどうにも救われないじゃないか。そうだろう?
ねえ、こうやってさ、今二人が顔と顔とを突き合わして、お互いの息と息とを顔の皮膚に感じながら向い合っている。向い合ってよかった。今この瞬間にこうやって会えてよかった。この感情——この二人の愛情ってものが、これこそがこの世界のなかで、いや宇宙のなかで唯一最高のものだ。……例えば……例えばだよ、あした僕が爆弾に当って死んじまっても——にらむなよ、そう、話なんだから。……あした死んじまっても、やっぱりきょう会えてよかった。これでよかったんだ。……ねえ……やっぱりきてよかったんだ、僕ァ……

とし子にもそうした「語り」があるが、原山もまさにそれがあてはまる。

あの、終戦の前の前の日にな、八月十三日だ、隣り村に駐屯してる部隊から、無電の発電所を入れる壕を掘る相談があるで集まれっちゅうてきたもんで、おら村長代理で行っただ。うちの村の割り当て五百名、あした中に集めろやっちゅうで、ようしっちゅうわけで飛んでけえって、夜通し駈けずり廻ってきちんと五百名集めただ。そして十五日、現場へ行ってみようっちゅうで昼前村長とこへ寄ったら、やいちょっと待てやい、きょうは重大放送があるっちゅうでそれを聞いてから出かけようっちゅうもんで聞いたところがあの放送だ。よくは分らねえがとにかくっちゅうて役場へ引き揚げて、三時のニュースではっきりして……先ずおらが大声《たいせい》を発して泣き倒れただ。その次にァ駐在だ……。それから酒を飲んで金庫の前に引っくらけえって、そのなり翌あさまで死んだように寝ただ。……茫然――っちゅうかな。身心共に何か抜けちまったような……そしてその翌日から警察の電話で二日がかりで書類を焼いただが……（間――）それから幾晩か、役場の裏ッ手の松林で、苔の上にあおのけに寝て茫然と考えただ。……ある晩、ふっと見ると、松の木の幹にブリキのカンカラが、月の光でキラキラ光ってるだ。……何ともいえん、きれいに、キラキラと光ってるだ。……何ちゅうこともなしに、ただぼうっと見てただね、その、キラキラと光ってるのを。……そうしたら、ふうっと、ああおらァ今まで何と詰らねえ努力をしてきたもんだっちゅうことが、突然フーッと感じられただ、強くな。……そのまま、あおのけのままじっと眼をつぶってると、まぶたの裏にもカンカラがキラキラ光ってて……そして何ちゅうかそれを溺らかすみてえにぐんぐんと涙が溢れてきて……眼ェあいて、真直ぐ空を見てると、やっぱ涙がぐんぐんと溢れて、このこめかみ伝わって地面へ流れてくるのが分るだ。その中に、星だかカンカラだか知らねえ、ぼやけてキラキラ光ってる……そうやってじいっと空見てると、自分がだんだんと天に昇ってくみてえな……何か、だんだんと洗われたみてえな気持になって……そうするうち、どういうことだか、おらふいっと、ああ、今頃山田さん、どうしてるだかな……（間――）その頃、山田さん、もういなかっただね……

「自然主義」的と作者自らのいうドラマのなかでも、日常では考えられないようなこうしたせりふがある。『暗い火花』は「利根の意識」を表現しようとするドラマであるだけに、利根による「語り」のせりふはそれこそ多い。その利根ではなく、広田が語っている一例だけを示そう。

（略）それに昔ァおめえ　今のおめえたちみてえにのんべんだらりんとしてやしねえ　おめえたち見てると総てが十分《ぶん》かかるとこを十五分も二十分もかけてその間にゃあやれしょんべんだたばこだって　まったく見ちゃいられねえじゃねえか　　昔ァおめえ　おいユリ子お茶くれ　昔ァおめえ　おれたちが見習いの頃はさ　おめえンとこの六兵衛おやじやおめえ（利根）のおやじと一しょに見習いやってた頃なんざ第一朝は五時頃に出てきたもんだ　　労働基準法なんて小うるさいもんなんかありゃしねえんだからとにかく早い勝ちでやってきてまずきれいに庭を掃く片づける　そうしといていよいよ仕事が始まりゃおめえ　親方や兄弟子にスコップでどやしつけられながら　一つでもおシャカが出りゃあどうしてこんな不良が出たかってんで必死になって研究したもんだ　それがおめえ今の若い奴らァ研究心なんて薬にしたくもありゃしねえ　やあ請負いはからだに無理だとか何とか　常傭《じょうよう》の月給取りになって三日でも五日でも休んで楽しようってそればっかり考えてやがる　　総てに昔たァ意気込みが違わァな　　昔ァおめえ　湯ゥ注ぐんだって何だぞ　六尺をきっちり締めこんどいてこっちの方にゃあ塩と水用意しといてだな　すもう取りじゃねえがその構えで　窯からダーッとあの真赤に熔けた湯の飛んで出るのをトリベでグーッと受けてよ　タッタッタッターッと型に注いで廻って息ィつくひまねえやまた次を注いで廻って四五へんもぶっ続けてやりゃすうっとここいらへんの肌に塩が吹いてくらあ　そこで水をぐうっと　仕事が激しくなりゃあ大やかんに一升もあるのをぐうっと飲んで塩ォ引っつかんでなめてよ　そいからまたトリベ引っかかえてやったもんだ　　今の奴らぁその気概ってもんがねえな　　仕事の上りァ二の次でもとにかくい

くつ型ァ込めたかはちゃんと手帳につけるってなもんだ　頭が少し働く奴はってェとすぐにやれ労働基準法が何のかんのって　てんからからだァ楽して（指で円を作って）こいつの方だけは十二分に取ろうってことばっかり考えてやがる　おめえなんかが組合がどうのこうのいってるんだって　つまりァそこが本音なんだろうが

『蛙昇天』では、とくにシュレそしてコロのせりふにその手法が用いられている。前に引用した、いくつかのそれを想起したい。

三作品について、もうひとつ考えておきたいことは、「死」と「愛」がきわめて重い、ドラマの要素として位置づいていることだ。それは、次の「ドラマトゥルギー」の課題と否応なく結びついていることでもあるのだが、ほとんどの木下ドラマにとって不可欠な設定になっている。

山田の死が『山脈（やまなみ）』にとってドラマの決定的な条件になっていることは言うまでもない。『蛙昇天』のシュレの自殺はドラマ全体のもっとも基本的な設定として位置づく。『暗い火花』にしても、六兵衛の死の知らせで幕が下りるのだ。「死」は、ドラマ課題の、ある終結、あるいは転機をつくるはたらきをもつのだが、それは、それ以上に、生きているもの、生き残っているものへの、重大な問いかけの意義をもつ。

木下順二は、自作『沖縄』について『沖縄・暗い火花』（木下順二作品集Ⅶ）の猪野謙二・堀田善衛との鼎談でこう語っている。

沖縄の問題を考えると、日本本土が沖縄に対して犯した罪っていうのがまずある。沖縄のほうの人々にも、その罪を許したという事実、つまりどこに対しても迎合してこざるを得なかったという問題——これは罪というのとは性質がちがうが——がある。それを考えなきゃいかん。で、それを考える場合に、いくらそれを考えてもね、考えるだけじゃしょうがない。考えてもしょうがないっていう意味は、過去の罪をいくら認識してみてもそのことが消えないのだとすれば、お互いに死んじまわなきゃしょうがないということになる。死んでもどうにもなることじゃないが、少なくとも生きてることではどうにもならん。しかし、そう考えるからといって、現実にわれわれが死ぬことは無意味だとすればだね、そこが芸術というものは、誰かを死なせることも殺すことも可能なわけだ。そして作品の中の死の意味を認めることで、われわれはわれわれの生の意味を確認する。——まあぼくの意図はそういうようなところかな。

そして、こんどは逆に、とし子と山田との「愛」は『山脈（やまなみ）』のドラマを展開させる軸となっている。「あの恋愛は、本質的に非常にエゴイスティックな恋愛であるけれども、出てこない人物の説明が足りないとか、そういうことを押し流してしまうほど強烈な恋愛が書きたかった」と作者はいっている。その「強烈」な「愛」は、二人に属するだけのものではなく、登場人物すべての生きかたに照らし合わされ、戦中に生きた日本人のありかたとして投げかけられ、戦後にこの舞台を観た人たちに自分の生き方がどうであったか、いまどうであるかの問題を提起し、二十一世紀に存在するわたしたちにも同じ問いかけからの痛切な思いをかきたたせるものになっている。『暗い火花』では利根に対するマリの純粋でひたすらな想いが、虎の話と一九五〇年の現在の時点とを交錯させて、観客・読者の感性を強く刺激する。

『蛙昇天』にしても、淡いように感じられながらもシュレと従妹ケロとのかかわりが、作品の温度を高め、ドラマ世界を幅広く醸成していることを理解する。さらにいうならば、その「愛」は、若い男女の恋心だけでなく、シュレに対する母親コロの愛情、シュレに抱くグレの友愛にもつながっているわけで、ひととひととが持つあたたかなそしてはげしい心情の面に作者が寄せるこころに裏打ちされている。

「死」と「愛」がひととひととのかかわりをつくり、ひとを動かして前に進め、そしてひとを滅ぼしもする、そうした力であることは、木下ドラマの通奏低音としていつでも流れているように思われる。『子午線の祀り』『巨匠』にいたるまで『愛』の形相はドラマのなかをうねっていき、『死』の持つ意味がドラマのなかから湧き出てくるものではないか。

(3)について、

木下自身がくりかえしくりかえしいろいろと語り、また多くの評者がそのことについてさまざまな指摘を行なってきている。木下ドラマに関心を持つものにとっては、内容をここで説明するまでもないことだ。ただ、ごくごく簡潔に、木下自身の表現をあげれば——

願望を持ったがゆえに願望を達成し得、しかし同時に、その願望のゆえに願望を達成し得ないという矛盾、それがドラマの本質なのであり、そして歴史というものは、そのような矛盾の積み重ねなのではないか（略）。（「ドラマと歴史の関係について（1）」・『日本が日本であるためには』一九六五年、文藝春秋刊、所収）

になろうか。それは木下作品のほとんどをつらぬいているドラマトゥルギーの基本となる。『風浪』の佐山健次たち、『夕鶴』のつうと与ひょうをはじめとして、わたしたちが今問題にしている三つの作品、そしてそれ以降の仕事でも、その主人公たちが、この「ドラマの本質」の上に設定され、行動し、結末へと進んでいくのを、われわれはみる。「歴史」は、かれらをとりまく「状況」として、「前提」であり、「土台」であり、人物との親密な、また対立の緊張関係をつくってドラマを展開させる「帰結」でもある。

木下の、この創造意識に対して、共感し賛同するもの、客観的な視線を注いだり批判的なひと、の差はあれ、彼の戯曲、舞台に接する人間は、ドラマを通して作者のこの認識と緊張関係をもつことを要求され、自分と歴史・現実との否応のないかかわりを自覚せざるをえない。

木下のドラマトゥルギーは、当然のことながら、人物形象に自己矛盾の意識を強くもたせることになる。山田も利根もシュレも、自分の「こうありたい願望」に導かれて行動を選択し実現しながら、自分の行動がひきおこした結末と状況に対して無力感を抱かざるをえない。また、発展するであろう未来社会のイメージや民衆のもっている力を心から信頼したいと思いながら、同時にそれが有効な現実性を示さないでいることへの絶望にとらわれるのである。『蛙昇天』のシュレのせりふを例にしよう。

（略）グレ君、きみは実にいい奴だねえ。本当に僕のことを思ってくれてる。しかし……しかしどうにもならないんだよ。いくらきみが僕のことを思ってくれたって、その好意は、そのきみの善意は、ただそれだけでとまっちゃう。それ以上どうにもならないんだ。どうしたらいいんだろうねえ。……きみみたいに善意に溢れたカエルたちはまだまだ無数にいるよ。無数にいるんだよ。だのに世の中はちっともよくならない。いろんな無茶苦茶がやっぱり平然と横行してる。そして、そういう無茶苦茶が、そういうものが逆にこの世の中を引きずってきめて行っちまう。それは、そんなことといえば今までの歴史はみんなそうだ。だけど、もしそれが僕たちカエルの永遠の宿命だったら一体どうなるんだろう？

（略）中ぶらりん……しかし僕は中ぶらりんである自分自身にそむけないんだ。そして僕は、何一つすることができない。……道ばたの石を僕がのけたってなんにもならない。ころんで泣いてるオタマジャクシを起してやったって、飢えてる年よりに僕が弁当をわけてやったって、それがなになるんだ。それでこのカエルの運命がどうなるっていうんだ。僕は、僕は決死の覚悟で自分から出て行ってあの証言台に登った。本当に、僕としては渾身の力をふり絞ってあの答弁をした。けど、それが何だったんだ一体。この僕が、僕の善意と怒りと全身の力を出しつくして闘ったつもりのあの証言が、闘いにもなんにもなってやしない。僕だけ一匹がきりきり舞いをして……そしてそれきりなんだ。何か夢を見てたんじゃないか?……そんな気さえ自分でするんだ僕は……

その内容は、あくまでも作者が形象した人物のせりふなのだが、その底部に、木下順二の切実な思いが存在しているといってよい。それは、作者が、民衆に対して、日本に対して、人間に対して、そして自分に対しても抱いている認識であろう。そこにある「暗さ」、だが、その感覚に作者は浸っているわけではない。「絶望」があるからこそ、それを反撥力として、創作と表現行為に積極的にとりくむエネルギーを得ている。圧倒的な、厳しい否定意識をもつからこそ、その緊張感から現実に真正面から立ち向かう営為が生まれ、その力が支えられるのだと思う。作中の人物だけでなく、木下自身もそういう人間のひとりだとわたしたちは考えている。わたしたちが、木下ドラマから受けとるものは、そうした人間の創造性と強靭さとである。

そうしたありかたを木下順二に生み出してさらに決定づけたものに、「どうしてもとり返しのつかないことを、どうしてもとり返すために」という認識があると思う。『沖縄』で波平秀に語らせ、『神と人とのあいだ』の第二部『夏・南方のローマンス』で女漫才師トボ助に何度か口に出させている、このことばも、木下ドラマトゥルギーの根幹をなすものだといいたい。二つの作品で提示されるのは、沖縄の歴史と現実とを日本人が自分の認識に照らしあわせてどう受けとめるかであり、現在まで持続されている戦争と戦争犯罪の責任へのとるべき態度を自ら定めるものとなるはずだ。木下はそのことについて、また日本の近現代の「状況」とわたしたちのかかわりのありかたを、作品を通し、また、その他の多くの文章から、厳しく問いかけてくる。

『山脈（やまなみ）』『暗い火花』『蛙昇天』の三作品は木下順二の創造が試行を伴いながら、戦中・戦後の人間のありかたを具体化したドラマだった。そして、『風浪』の改稿と『夕鶴』の成立とも不可分に連鎖しあい、その後の劇作の道を敷設した数年間のとりくみである。「戦後演劇」という語を用いるならば、これらの作品がその出発を刻しているのだし、「戦後」という意味をまさに現代劇として問おうとした仕事と考えられる。二十一世紀に入りこんだいま、わたしたち二人がこれらの作品を検討対象として問題にするのは、わたしたちにとって「戦後演劇」を自分たちの現在までのありかたに重ねて吟味したいことにほかならない。

そのことを、木下自身も晩年に語っている表現がある。

　歴史の大きな流れのなかにいまを見るというのは全く賛成だけれども、とりあえず戦後の原点に立ち戻って、そこから今日までの時代の流れを、単に客観的な歴史過程としてでなく、自分自身がそこに生きてさまざまな体験を積み重ねてきた、その歩みとして、つまりこの半世紀の歴史を自分とかかわらせつつ見直してみることが、いま必要なんじゃないかな。あと数年で新世紀になるわけだけれども、そのことを騒ぎ立てるよりも、むしろいまは、新しい世紀になればともすればないがしろにもされがちの、われわれ自身の二十世紀の歴史を、とくに自分の体験史をとらえ直しておくべきじゃないかな。（『生きることと創ることと』一九九四年、人文書院刊）

さらに、哲学者務台理作が、一九六一年、それは「安保闘争」の翌年になるのだが、『蛙昇天』と「菅季治」について、未來社刊『木下順二作品集Ⅴ』の「月報」に記した前述の文章、その終わりに述べていることばをあげたい。そのときからすでに半世紀の年月が経ってしまっているのだが、彼が語った内容は、「今」それ以上に深刻な状況下におかれているわたしたちに与えられているように思える。木下のこの作品に注いだ思いに重ねて、それは、わたしたちの心につきささる。

彼が自殺して十年になった。世相の動きは、一歩あやまればあの当時よりいっそう深刻なものに落ち込みそうな気配である。あの当時は、まだまだ政治の反動化に対する抵抗が、きわめて素朴な形で民衆の中にあった。大新聞もそれを支持して居った。しかしそういう素朴な抵抗意識は、レジャー・ブームや大衆生活の中でしだいに失われているように見える。こういう際に菅季治の負わされた運命の深さについて、もういちどよく考えてみる必要があるのではあるまいか。

対話

『暗い火花』

――池袋小劇場での上演をめぐって

以下の対話を行なったのは、二〇一〇年六月一二日、池袋小劇場の上演が終わって一か月余というときだった。以前、『暗い火花』を戯曲作品としていくらかの検討論議を二人でしてきたのだが、舞台はまた独自のもの。観客の吉田にとっても、まして演出にとりくんだ関としては、余燼さめやらず、さまざまな思いが胸中に動いていた。

その際の会話を文章化したが、なにせ短時間での対話、しかも上演後間もなくということで、なかみを深める条件が不充分だった。それもやむなしとしたが、その後、若干の補足として、関きよしが、三つの短文を「前文」的に付すことにした。

記録の終わりに、「資料」として、羽山英作（松本昌次）、大橋喜一両氏が、一九五七年に発表した劇評の一部を載せた。お二人に感謝する。

吉田　ことし（二〇一〇年）四月の池袋小劇場のとりくみを話し合うポイントとして、四つの項目を考えてみました。

一つは、作品に描かれた、一九五〇年を軸にした日本の戦中から戦後の時代と歴史、それを当時の木下のモチーフから、またいまの時点から見て、作品をどうとらえるか。そして、池袋小劇場の上演の視点はどこにあったのか。

二つ目に、劇作家木下順二のドラマトゥルギーの問題としてここから何が見えてくるか、「実験劇」としての設定ともあわせ、先行した『風浪』『山脈（やまなみ）』またその後の劇作とのかかわりで考える。

三つ目に、作者が強く意識した「ことば」の表現をめぐって、ドラマにとっての課題と可能性をとりあげる。

四つとして、具体的に八人の登場人物、とくに利根の形象が負わされている内容と位置付けを明確にする。

当然のことながら、それぞれの項目が重ねられて話されるでしょう。演出した関さんからいろいろと話を出していただいて、それにわたしが若干の質問や意見を出し、その後二人の話し合いができればいいと思います。

文学性の把握・木下のモチーフ

『暗い火花』の上演は二〇一〇年四月下旬、準備・稽古を入れてほぼ四ヵ月余のとりくみだった。戯曲は「上演台本」となる。舞台は、戦後の占領下の大きな転換期の労働現場、作者も初めてぶつかる題材に、しかも大胆な実験に立ち向っている。その焦点は「せりふ」にある。勇気を奮いおこして「一字アキ・二字アキ・三字アキ」に立ち向った。でもそこからいきなりテーマが摑まるわけはない。戯曲は演技の処方箋ではない。戯曲はまず文学として味あわなくてはならない。それは俳優的感受とは別ものであるらしい。「上演台本」として扱うとはどういうことか？　戯曲は詩ではあるが小説ではない。戯曲は俳優のために書かれたものではない、上演されなければならないものでもない。そして作者は口出ししない。

――しかし、せりふは肉体をもった言葉であり、活きた対話が成り立つはず。

演出者は台本を四つの塊りに区切り、それを更に十に、四十の断片に切り刻んでみた。

（関）

関　観客は、舞台を通して、劇作家の仕事、思想、考え方をみてるはずなんだ。それを「文学性」といってよいのかな。だけど、今の時代、「劇評」は舞台を見ての印象を問題にする傾向が一般にある。また、興行がそういう形態になっていて、観客もまた「楽をして見る」ことにながれている。

一般に「軽く見ていられる」「楽しく見られる」という風潮の上にのってるんじゃないかな。『暗い火花』の場合、敗戦後に戦後文学の流れがさまざまに生まれて、作者もそのなかの一人として、作家仲間からの刺激があり、そこからテーマの据えかたというのかなあ、お互いが敏感になっていた。木下は、軍隊に行かないで、同年輩のほとんどの人が行っているでしょう。彼らから受ける刺激のなかにはコンプレックスもあったかもしれない。

作者には、意識と肌でとらえてる「敗戦」という体験があり、また戦中からの思いをその後もずっともっているわけでしょう。その立場から作者に一九五〇年という状況がどう把握されているか。それはちょうど戦後五年間がすぎて日本が反動化していくっていうか、占領政策が変わるということでね、状況はひどくゆれている。文学はそういう状況を強く感じていた。文学者は現象だけを追っかけるものじゃないし、自分のもっている問題を強く意識する。木下順二はそういうものを内面化してね、時代をそこからつかまえようとした。それはテーマとかではなくて、むしろ自分のその時代への対し方ってものだよね。作品の順でいうと『風浪』を書いて、民話劇を書いて、『夕鶴』ときて、『山脈（やまなみ）』には自分の自然主義的という面を強く感じ、自分が劇作家としてまだ自立していないという思い、作家として立ちたいということがあって、そのためのドラマトゥルギーというか、劇作家として専門性を模索していた。強く心にあったのは、「テーマ」じゃなかったんじゃないかな。砂川・安保の体験などから木下の「政治の季節」といわれるのはこのあとなんだよね。ここでは作家としての方法論、作家としての主体を作ることを求めていた。

「虎の話」がそうで、『夕鶴』をふくめた民話劇の延長としてだけではない日本の原罪。作品を成り立たせるものとして、満州を象徴するもの、細菌兵器を使った七三一部隊などもふくむ戦争責任の問題をもそこにもちこんでいるんじゃないの。そういうことでの「実験」という思いが強いのじゃないかしら。だから、テーマを頭で考えてつけたという感じがなきにしもあらず、モチーフとテーマとが分裂しているんじゃないかとも思う。

「文学性」としていえるのは、ストーリーというより、ここではまず「意識」を伝える「ことば」。それは単にせりふっていうだけじゃなくて、過去を述べたり意識を語ったり。現在の時点での対話というわけでもない。いうなれば、木下は、舞台の対話だけではなくもっと強いことばの機能を求めていた。その線はずっとあとまで、『子午線の祀り』『巨匠』にまでつながっていく。大雑把だけど。『暗い火花』の上演が終わって四十日経って今も考えてることなんで、そこからなんか検証できるって気がするんですけどね。時代と作品によって書く事柄がちがうんじゃなくて、関心のもちかたっていうか、いま劇作家として牢固として立つものっていうのかな、それを求めるという木下にとっての季節だったんじゃないかと思うんだけど、どうでしょうね。

未來社刊の『作品集』には各巻必ず対談がのってますよね。その対話の相手の話に木下はよっかかっているところがあるじゃない。相手を自分で選んで、いろいろとその意見をきいて、そこから自分の内に吸収してというところがありませんか。なによりも自分の創作の問題としてとらえる意識がある。『夕鶴』『山脈（やまなみ）』を脱稿してから『暗い火花』の発表は五〇年の十一月でしたよね。これを創る期間、その作業はずいぶんと楽しかったんじゃないかな、結末がつかないで本人は苦しんだといってるけど。その時に菅証人喚問事件がとびこんで、『蛙昇天』という仕事に移っていく。あれは民話の世界と菅証人の事件とを重ねて蛙の世界にして描いた。

吉田　わたしが用意した四つの項目の一と二を重ねて関さんのいまの話があったと思うんですが、一の方にしぼってみると、木下の立場にたって、彼の発想とかモチーフとか、作者木下が取り組んだ仕事としてどう見るかっていう点と、もうひとつ、作品そのものを、いまのわれわれがどうとらえるか、そこから木下作品への問題提起ができるか、という二つの視点があると考えるんです。関さんは、主として前の方の視点、作者の意識で語られたと思うんですけど。『暗い火花』には確かに木下のモチーフが色濃いのですが、彼自身の戦争体験、敗戦、戦後の一九五〇年までと、四〇年の兵役検査からの十年間を自分でどう生きるか生きたか、関さんがいわれたように劇作家として行くと決意しての営みですから、その思いが軸になっていることは間違いない。それが、『蛙昇天』までいくのでしょう。木下の立場からいうとそうなのですが、さっき関さんはモチーフが先にあってテーマはあとから生まれたといわれたけれど、書かれた作品そのものをみた場合、満州の問題、利根の戦後帰還から一九五〇年の現在にいたるその現実と描かれた形象からドラマのテーマを評価しなくてはいけないのではないか。

それに、「池小」のこんどの上演は、はっきりいって「初演」といっていい。「ぶどうの会」の試演会はあったでしょうが、そのあとはずっと半世紀以上も上演されていないんですから。その「池小」の舞台を観て、あ、これは、現在に通じる、今に届く、そういう作品だな、と思ったんです。六十年以上も前のドラマが今のわれわれにはっきり伝わるということは、この作品をどう理解し、ドラマとしてどう評価できるのか、その問題についてはどうでしょうね。

「プレ初演」・実験の実験

モチーフとは始めに創作の、テーマは現在の、表現とかかわる。タイトルの暗い火花とは、マリと利根の愛の火花のことだろう、そう信じる。でなければこの劇は観客に伝わらない。それが、象徴するというか、示す内容は、つまり戦後の占領下の現実、小さな町工場の運命を扱っている。開幕冒頭に流れるラジオのニュース「……いわゆる均衡予算の実行というドッジラインの線をますます堅持して行く方針であります」との日本政府発表が、国連の原子力問題のニュースとともに流れ、停電で消え、暗黒の世界となる。当時の社会事象を伝えるのはこの場だけ、そしてダンスホールのジャズミュージックとジープの走行音とピストルの音……。時事的な出来事として、朝鮮戦争、レッドパージ、下山、三鷹、松川とつづく大事件など、その影響など全く届かない場末の町工場の労働現場が舞台であり、その時点ですでに解決のつかない問題であること、作者の立場からも「ぼくの中でどうにも解きがたいものであったこと。」といっている。だから、二十一世紀の今に通じるテーマとしてあるといえる。

（関）

関　ぼくらが演《や》ったのは初演というより「プレ初演」みたいなもの。「実験劇」だというのはそのままいただいて。そして「詩劇」ということ。「ことば」の扱いと人の意識をとらえる表現の実現、

利根が連絡を待っている現実の夜の時間でもそうだし、ぼくは、「幻想」といっているんだけど、「昼」の場面とモノローグ的な語り、その二つはちがう文体といっていいのかな。そういう、ドラマ全体に張りあふれる実験（＝主観）と詩の世界。

作者が書いたとおりに演る。時代にあったみずみずしさが感じられるでしょ。木下順二の実験を実験してみよう。「実験」ともしカッコをつけるとすればカッコの実験はどっちなのかね。何のための実験かというと、実験のためのそれではなくて、木下順二が書いたことをそのまま演じ出してみる、それが今どう通じるか、そういうことだったんですよ、ぼく自身の考え方としては。

この仕事はそこからはじめなきゃできないぞ、動けないぞ、そりゃ、忠実にやってみよう、といったって、まったく忠実にできるわけはない、演る人間は二〇一〇年の今に生きてるんだし、作品の理解が充分できているとはいえない状態。それに一九五〇年そのものを舞台に再現するわけじゃない。あくまでも今の観客に見せるものとしてだものね。

だけど、芝居のテンポとリズムを生み出すことはむずかしい。木下順二の作品のことばをそのまま形にしているんだけど、どうもその点がずれちゃうんだよね。当時に使われていることばと今のセンスが、とくに語尾の使いかたがちがうんだ。俳優があの時代のことば、とくに語尾のリアルさの生かしかたっていうのがこいつはむずかしいことだと思ったね。

全体として、まだまだ練習不足ですね。形だけではなく、作品・ことばの理解をね。暗い中でそのことばを口で音として出すのではなく、その意味なり意志なりを大胆に示せないとダメ、強弱や速さ、高さ低さをあわせてね。この作品はそのことばが決して古くない、魅力のあるものだけど、理屈では通らない、勇気が必要だ。
　それにしても、実験を実験するということになると、いろいろとおもしろいことが出てくるんですよ。それは思いもかけないことが出てきたりする。化学変化するというのかな、ズレをまた発見したり、で、どうそいつを具体化するかなど、感じ、考えさせられた。それは、作品把握の深さにもかかわるけれど。
吉田　作者の実験を自分たちの実験として、作品をそのまま演ってみようというとりくみはよくわかります。「池小」の舞台を観ていて、ぼくなりの発見をしたのは、この芝居はどういう表現のしかたをとっても、どういう役者が演じても、作品通りにとりくめば、観客に届く芝居だってことを感じたんです。この作品を何度か読んできて、自分なりの舞台表現と役者のイメージをもってたんですよね、それは今もあるんだけど。わたしのそれと「池小」の役者の表現の質にはちがいがあったのは確かだけど、作品に正面に向きあうことで時を超えてはっきりと通用できる芝居なんだ。関さんは実験の実験といったけど、木下の表現や指定をいかにも木下順二的なものとして無理に強調してやらなかったわけでしょ、あくまでも「池小」なりに忠実にやった。
関　それは結果としてそうかもしれないけれど、木下のとおりにやろうとしたわけよ。要するに、作者の実験をわたしたちが生かす実験をするんだけど、作者の実験の意味とはどうもズレてくるわけ。われわれにとっては、発見もあるが、試みよといっているものを指定にただ従ったあやつり的なものになっちゃったり、役の実感をもつことが自己陶酔になったり、ことば遊びになったりもする。そういうのが、ぼくにはズレを感じるわけ。作品とことばには、音楽性やそのほか、色も匂いもあるわけですよね。

作者は、提案として書いたり、イメージとして書いたり、これはしかけだよ、からくりでもあるよ、としていろいろ試みている。それは、姿でもあり形でもある。

吉田　くりかえすようですが、作者が意識したことと、現在のわれわれ、「池小」が上演するにあたって意識したことと、同じものを志しているんだけど、違いが出てくるのは当り前ですよね。私たちは、「池小」のそれを通して、木下の作品をみている。

関　だからね、要するに、なんていうのかな、仕込みかたがちがう、それに深さがちがう、パワーがちがうっていうのかな、現在の演劇にある弱点だね。

吉田　作者の視点でいうと、わたしは、このドラマは、光や音、さまざまなあかりやラジオ・音楽などの用い方がとても大きな位置を占めていると思うんです。だから、たとえば、はじめの車の明りはジープじゃなけりゃいけないし、ダンスホールはアメリカ軍の兵士が踊っている姿がイメージされる必要がある。関さんがいわれる「幻想」の昼の場面でも、日常とちがった白っぽいあかりに照らされるとの作者の指定。虎の話もそうで、木下はそれらに思いこみを強くもって実験している。作者の立場から見ると、「池小」の舞台ではそれら光や音は必ずしも作者が指定した質じゃなかったようです。ただ、「暗闇」での場面展開はドラマに不可欠なものとして重要な役割を果たしていました。

その、「池小」の示した質でぼくにはよく通じたから、さっきいったように、ああこの作品は誠実に真正面に向きあえばわれわれのいまの観点で上演していっこうにかまわないんだな、六十年の時間の差はあるけれど、それをあまり気にすることなく成り立つ芝居だなと思いました。

関　木下順二を理解すればこういうことなんだろうと、それを実験しようとする。それが果たしていけるかどうかは、一人ひとりの理解度と力、力というより思想としての問題がある。だから実験することで発見することはね、それは新しいト書きを書くようなものであるわけね。ぼくは、忠実にやるってことはそういうことだと思うし、吉田さんのいわれたことにもしかしたらなっているんじゃないかな。

　だから、ちがいがあるとしてもね、基本的にはちがいがないという立場をとるのがわれわれにとって正しいんじゃないかな。いまの価値観とか社会観とか感覚はあのときと全てが大きくは変わってないはずだ。しかしそれにしてもやはり変わってはいるんだ。ぼくは木下順二とはひと回りちがうし、俳優たちとは半世紀近くもはなれている。やってみてそこのところがとことんはつかみにくいとこだね。観たお客さんは世代的にも高齢の人が多く、時代やドラマの理解者がけっこういたんだが、若い人たちにとってはちょっと面くらってしまって受けつけにくいこともあったと思う。

吉田　若い人の受けとめ方のちがいはそんなに強く出てこなかったんじゃないですか。あくまでもわたしの感じでいうのですが。

関　あったんじゃないかな、その連中が受けとった内容を具体的に語ってくれればいいんだけど。風がわりでおもしろいっていうんじゃなくてね。

吉田　それは関さん、敗戦から六〇年安保まででもいいのですが、その十五年でつくられた社会状況、いまだって変わってないですよね、基本的には。現実に対する意識でいえば、政治ばなれのムードとか、孤立した自己中心性とか利益損得の追求心など大きくちがっているのは確かでしょうが、状況や課題はそれほど変わっていない。

関　そりゃあね、理解っていうのはできるかもしれないが、状況や課題を受け入れてそのことが自分のアクションになるかどうかがちがってきている。今はかつてとそこが大きくちがっている、だから、表現までふくめてそれを理解することだ。理解は表現だっていうけど、表現になる理解っていうのが変わっているんじゃないか。

吉田　関さんがいわれることはわかります。ただ、理解が深まればその表現や内容を自分の問題として理解できる可能性はあるんじゃないですか、今の時代にも。ただ、そのためには、受け手は自分の意志と力で「学ぶ」とりくみをしなくてはならない。作品について、現実に対して、歴史に関して、学ぼうとする欲求を育て体験を重ねなくてはいけない。わからせてくれることをただ待つ受け身の姿勢では木下ドラマの生きた理解は生まれないでしょう。とすれば、発信者の方にもそういった観客の自主的に考えるはたらきを刺激する、深い、強い表現を創っていかねばならない。木下作品を上演するときの大きな問題点と思いますが。

ことばの問題と「二つの時間」

関　「役を手玉にとる」感性が必要になってくるわけですよ。精神の異なる次元の理解をすすめる感覚が必要なんだね。今はね、そういうふうになかなかいかないんだよ。

現実の時間の流れと意識といっていいか幻想の時間。それもまちがいなく現実なんだけど実際じゃなくて想像する時間のなかでの場面。そのかかわりぐあいがうまくいかなかったんじゃないかな。なんかもう少し方法がなかったか。それはたぶん「語り」の問題なんだけど、論理を強調すると、それだと説明になっちゃう、そうじゃないとすると、こんどは論理がとんでしまって世俗的なというか感性的な語りの表現が表に出てきてしまう。それもおそろしい。

吉田　その「語り」、その「ことば」の表現と理解はどう可能なんでしょうか、そのために何が必要なんでしょう。木下順二の仕事では、二つの場面の表現の重ねに面白さがあるのは確かですが、その点が「池小」の場合もう一歩きりこんでできるはずだと思っています。ただ、問題としていえそうなのは、二つのちがいをあまり強調すると、なんというのか、表現手法の差が表に際立って、リアリティを失ってしまうのじゃないかということです。

関　ぼくは木下順二のいわんとしていることはわかっているつもり。だけど、自分のことばで言わなくてはいけないので、木下のことばでいってしまうとダメなんだよ。ただ現在はまだまだズレというか断層というのがいいのかな、それがある。木下への思い入れがあるから、そのことがおもしろいもんだから、台本にひきずられてしまう。

吉田　もうちょっとことばについて話したほうがいいと思いますし、この二つの時間でのことばのちがい、それをことばの本質的な問題としてつめてみることが大切ですが、『暗い火花』の舞台としては、照明や効果とかミゼンセーヌとかそういう条件が加わらないと表現が充分に処理できないと思います。その点はどうでしょう。

関　同じ事務室で昼と夜二つの場面のすべてが行われている。だから、生活の次元ではなくて様式化が必要だといってしまうと少々安易なんだけど。俳優もそのことは感じててね、そこは相手に寄っていかないで離れていくほうがいいじゃないのというような意見も、ここはお互いに顔を見ないでしゃべったほうがいいよ、なんていうのも、そういういろいろとおもしろい発言も生まれてきた。俳優が作品を理解していないというのではなく、役者の感性がやはり大きいねえ。

暗いなかで場面のほとんどが展開していくと、それが観客にとって自分もそこにたちあっているというか、同化するような意識も生まれてくる。そのことが演る側にも次第に意識されて表現に変化が出てくるともっとおもしろい。

稽古のなかでいろいろ発見があって、そういうことはまだまだあるし、これからもできるはずだと思うと、上演が終わった気がどうもしない。上演時の気持ちをいまもずっとひきずっているというのはそういうことからかなあ。

吉田　現実場面でのせりふと幻想場面というか非現実のシーンのせりふとが、同じだとはいわないけれど、同じような質で表現されたところがけっこうあったといえるようです。幻想場面では基本は語りであって、現実場面とのちがいをもっとはっきりさせるところがあると、逆にそのせりふのリアリティをつくることになったかもしれませんね。さっきいった観客の立場からいうと。

関　「語り」の表現は経験しているからかなり大胆にできると思うの。それにしても、やはり木下順二のことばが全体を通して、写実とはいわないけれど、リアルでまた詩であることは大切だと思っている。そういう表現に慣れていないのが、日本の演劇の不幸なところなんだ。そういうところで次第に失速しちゃうっていうかテンポがゆっくりになってしまうことが多い。後半のところ、現実の時間になる場面では、逆にもっととんとんつめてもいいんじゃないかといま思っているけどね。

利根が六兵衛さんのことを語るハイライト、「六兵衛さんの眼　六兵衛さんの眼　給料不払い……」、メニューや伝票を読むようにする表現が成り立つのかもしれないし、それではダメかもしれないね。

俳優の場合、なかみをどうしても伝えたいということが強くはたらいてしまって、心情的に表現してしまうことがよくあるよね。そしてそれらが集約されるものとして、利根の、自分たちの企業をなんとしても救いたい、そして合理的な生産のシステムを創り出していこうという利根の「貫通行動」「超課題」（核としてあるヒューマニズム）を確かなものとして大胆に表現できるためには、われわれとしてまだ時間がかかると思うよ。


マリと利根は一対、あるいは一体となって環境・人物と対立している。あらゆる世俗的なものと対立するのは二人の愛が純粋なものであるからで、それは『夕鶴』に原型がある。二人には宿命とも思われる大陸体験があり、共に意識はしないが、世俗とは遠い、民話的世界に惹かれる。男は小さな町工場の合理化を目ざし、女はキャバレーづとめからその工場の事務員になる。二人は下請工場の現実や取引先の世俗的現実に直面する。二人の愛は成就しない、下請工場は潰れ、すべて暗い火花は闇の中に消え、出口はない。悲劇として終るしかない。真の対立はどこにあるのか。

木下は一九四八年のエッセイ「戯曲とは——」の中で「——（小説に対して考えた場合）結局書き切れないものだという定義を下すことはできないであろうか」という。そこから『暗い火花』で「どうしたらせりふは人間の意識を反影させうるか」と言い、後に「いくつかのシーンが、もやもやと炎のように、音と色との感覚で私の中に出て来た。これは鋳物の町工場を舞台に」となる。だから、やはり創作の中心は「せりふ」の実験であったのだ。

（関）

〈知識人・労働者〉木下が描く主人公

吉田　前にもどりますが、『暗い火花』のドラマトゥルギーということで、わたしが思うのは、『風浪』『夕鶴』『山脈（やまなみ）』が前提になってこの作品は生まれている。『暗い火花』が前作までの自然主義的な手法にあきたりないとしてとりくまれたというのはそのとおりだとして、このドラマの基軸の人物には『風浪』の佐山健次、『山脈（やまなみ）』の山田そしてとし子の延長線上に利根がおり、マリもいる。作家・作品としてそれは当り前かもしれません。だから、『暗い火花』だけを独立させて、あるいはその実験性だけを前に立てすぎて問題にしてしまうと、木下順二が作家として出発しようとした思い、戦中・敗戦・戦後を過ごしてきて生まれたモチーフとテーマとが見えなくなってしまう、とわたしはとりたいのです。前にもお見せした羽山英作（松本昌次）さんが昔一九五七年に書いた、「ぶどうの会」試演の劇評の文章、わたしはそのなかに賛成でないところもあるのですが、ああそうだなぁと思ったのは、〝佐山や山田が終わったところから、さらに、とし子の出発から利根は出発した。だが彼の判断は、完全に行き詰り崩れ去ってしまって、佐山や山田が悩んだ振り出しにまで逆に戻ってしまった。そこに作品の良さも悪さもある〟ということでした。すると、『風浪』『山脈（やまなみ）』『暗い火花』というのは、戦中・敗戦・戦後の木下順二自身と、社会状況、歴史状況と必然性をもってつながっている。創造課題がその中心を貫いている。それは『蛙昇天』にも連なる。そうしたとらえかたをした場合、『暗い火花』は木下ドラマとしてどう位置づけられるか、という点、どう考えられますか。

関　喜劇か悲劇かということがあるじゃない。ぼくはこのドラマはどちらかといえば悲劇だと思うね。木下順二の芝居は骨格もそうだし、いわば〝ドラマは対立の悲劇〟ということ。だが、『風浪』は悲劇ともいえない。写実であったり、歴史劇というのがいいかな、写実歴史劇でなく歴史劇だよね。その佐山とはちがって、利根はそういう歴史を背負うことができない、劇の主人公としては弱いんですよ。労働者であるかインテリであるかという規定もね、まあインテリとしての面はあるかもしれないが、やはり工場の一事務員なんだ。インテリの悩みじゃなくて労働者的、だから、このドラマは労働者を描いているといっていいんだろうね。『風浪』はなんたってインテリでしょ。歴史というか社会をみているという眼がドラマの問題なんで、課題を背負ってる人間。利根という人間はちょっと情けない存在だし、人物ということでは、利根とマリとをあわせて一人の人間というように、セットしてるというか組になっているというか、対になっている。二人は共感し、ふれあい、生き方を互いに確かめるというはたらきがあると思う。そういう人間関係だから、結局テーマを利根は背負えない。彼は知盛にはなれない。その点ではマリの方が見ているかもしれないね。暗い場面のなかで彼女が何をみているかが火花につながっていくことかなあ。

吉田　いま利根という人間の位置付けが出されたのですが、ぼくはやはり利根が佐山健次や山田の延長線上にあるととらえます。関さんは労働者的な人間とおさえられたようですが、ぼくは知識人の一パターンとして考えたいのです。「インテリ」「知識人」をどのように規定しどうイメージするかが問題ですし、利根は労働の現場にある人間ですが、彼の特徴を示している表現のひとつの例として六兵衛の労働を自分のプランのなかに追いこんでいくために、（ある残忍な快楽を以て）六兵衛に対している。それからマリに対して、彼女を人間として切りすてようとしますしね。

関　あれは終わりの方の虎の話のとこだね。「きみは三文の値打もない下らん女だよ」。それは利根がマリを愛することをあきらめるという、そのために客観的な立場になろうとしているあらわれじゃないかな。マリのなかにふみこめない利根のメッセージだと思う。

吉田　それも利根の意識にはあると思います。しかし、それは、労働者ということにつながらないのではないか。せりふにこだわっているわけじゃないんですけど。利根は学校も出てるし、復員してきて工場近代化を計る、その視点は労働者的感覚ではない、民主的ではあってもやはり経営者感覚です。健吉に期待しているのは、労働者が自分の味方になってくれるのを願っているわけで、自分と同じ立場に立つことを必ずしも期待しているわけじゃなさそうだ。利根は、宙ぶらりんの位置にあるんですけど、民衆と自分の存在に対して、インテリの側からみている。『蛙昇天』のシュレにもつながる人間だと思うんです。シュレ、彼は利根よりもっとはっきりしていますがね。木下自身の戦中から戦後にかけてのスタンスをやはり利根にも濃厚に背負わせているのじゃないかと思うのですよ。その彼を町工場の人間に据えて、中小企業、労働者のありようを描かないと、このドラマが、そして五十年の日本の状況が生かせなかったという点が確かにあるのですが。その意味で、『風浪』から『蛙昇天』につながっていく、さまざまな知識人と民衆とのかかわりの問題が一貫してそこにあるといえませんか。

関　人物を主軸にして描きるというより、社会を描こうとした。生産の末端現場からとらえようとしたといえる。利根は、知識人としては協同組合への知識がないわけです。組合もかれは役員ではない。労働現場の問題にあくまでも直面している。合理的な生産への志向に対しても理想的な裏付けがあるとはいえない。そういう人物としてつくられている気がする。いってみれば類型でしょう。健吉もそうだし、古田にしたって一兵卒的だ。木下には労働者を描きたかったという気持ちがなかったかな。

この作品の発表の前に、「テアトロ」誌での、例の鈴木政男との対談があり、木下には、労働者へのコンプレックスじゃないけど、労働者のなかに入っていこうとする意識がこのとき強かったんじゃないか。労働現場を書いているというのはこれと、あとになるけど『無限軌道』があるだけだよね。

吉田　素材としての労働現場そして労働者の諸相を描くというのはまさにそうだと思うんですが、利根の位置付けについては、関さんの意見に賛成ではありません。利根たちを通して労働者を描こうというのは、わたしは、こういうふうに思うんですけど。

『風浪』『山脈（やまなみ）』は自分にひきつけすぎている。「自然主義」的表現というだけでなく、佐山や山田に自分の思いが濃厚に反映してしまっている。そういう自分をつきはなしたところで、知識人の弱点をふくめたありようを書きたい。木下は、大学院を出た研究者だし、そして大学の教員でもある、周りの友人にはそういう仲間も多い。そういう立場で、自分たちと同じような知識人をとりあげたのでは、『風浪』『山脈（やまなみ）』に自分が抵抗感を抱いた問題点を克服できない。そこで町工場の場を設定、そこで一九五〇年の状況、戦中・戦後の時代と人々の意識とを描く。知識人のありかたとしては、その弱点、甘さ、だらしなさを役割にふくめて問題にしたんだと思うんですけれどね。

関　六兵衛に対する「残忍な快感」は、利根がインテリじゃないことをあらわしている、とぼくは受けとる。

それにしても、全体として、人物たちはやや類型的に描かれている。

吉田　それはいえると思いますが。

関　人物を書くというより、労働者がいて、職員がいて、現代っ子がいて、そういう労働現場を描く、それも最下層の。そこでの生きかたを、日本人の生きかたを描いているんだ。ユリ子と健吉は愛しあっているようだけど、その二人だってアプレゲールの類型、八人の人物みんな、うまくつかまえてるけど。

利根も、工場での関係っていえば、親同士のつながりで、その中でしか生きていない。無知とはいえないけどどうしようもない人たちの群像で、利根をインテリってとらえると、少し変わってきてしまうよねえ。

吉田　くりかえすのですが、山田の延長線上にあって、そのアンチテーゼ的なものとして利根が在るように私は感じています。利根のマリに対するせりふ、「そういうきみを見ていると　おれはおれが実に情なくなるんだ　一人で何か観念をこさえあげては　自分で作ったその観念にしょっ中さかとんぼりを喰わせられてる哀れな男だという気がしてくるんだ」。自分の観念性の自覚ですかね。佐山、山田そしてシュレのなかにも位置付けられような利根をわたしは意識してしまうんです。それぞれ頼りない面からも描いているし、あるときは自分の思いをこめる表現もされています。それらの人物のなかで、利根は、とりわけつきはなした客観性をもって描かれているといえませんか。

関　ある意味ではそうだ。主人公が敗れていくということになるからね。

吉田　町工場に設定したという意味もその点とかかわっているのではないでしょうか。それは一九五〇年という日本社会や生産の動向を描くということでも有効だといえそうです。『山脈（やまなみ）』の農村の人々の生活描写が敗戦前後の日本を描くのにたいへん有効だったように。

関　社会的現実としても、もう解決のつかないこととして日本社会がある。アメリカ占領軍の政策の変化が大きいわけだ。

ただもうひとつ。芝居としてそれをどう描かれたか、どう表現するかということ。解きがたい状況、人間関係もまたそうだ。労働者のおかれている出口のない闇。その深い闇をマリは見てる。

吉田　話は大きくとびますけど、『オットーと呼ばれる日本人』のオットー、最近観た新国立劇場の上演で、ああ今までぼくは考えちがいをしていたなあと思いました。インテリくさ さのいやらしいところが、実は何か所も出されているわけですよね、そのことを強く感じました。以前六十年代の民藝の舞台、滝沢修が演《や》っていたので、オットーが立派に見えすぎちゃって。でも作品をよく読んでみると、インテリのだらしない面をけっこう書いているんですね、オットーという人間に対して木下は。

でも、そういう弱点ももっているインテリが、ゾルゲのスパイ活動に協力していく決断、ふつうの日本人にはとうていできない、戦争を阻止するための行動を選んでいくということが重要なモチーフ、テーマとしてあったのだとも強く、はげしく感じました。

そこで前にもどっていくんですけど、利根も、いい加減な甘さをもち、観念的で、近代経営とか、労働者の幸せなどを夢みている人間、ロマンチックなことを真剣に発言しそれを実現しようとする、しかしとうてい実現はできない。そういう現実の壁があり、そこにぶつかって身動きできず、突破する力さえ失ってしまう。そういう喜劇的な面もある人間なんだけれど、戦後の日本の状況に正面から立ち向かった利根なんです。佐山や山田がそうであったように。

関　オットーの場合、国際人という立場があった。宋夫人と深く信頼し愛しあっていける、ああいう強さがあった。

吉田　強さ弱さというのは、人の表裏にあるものだから、どっちから見ればということなんでしょうが、裏からいうようですけど、その点でいうと、オットーは宋夫人という女にベタ惚れになったんですよ。妻があるオットーなのだけれど、外国人の、魅力ある、行動力判断力をもつ女性に対して憧れと恋心を燃やした。

関　オットーと宋夫人のかかわりには、国際人同士としてのインテリジェンスの問題があるのが特徴だと思うよ。

吉田　そういう愛が、『山脈（やまなみ）』の山田と同じように、オットーにとってのエネルギーの要素になって、決断するひとつの力をつくっていく。木下が描く作品の人物たちには、人間としての強さ弱さ、作品によって主人公が「インテリ」かどうかのあいまいなこともあるでしょうが、作者は、知識人のありかたと、ひとにとっての愛のかかわりを一貫してとりあげているのではないでしょうか。現実と社会に立ち向かう自分の現存在の土台として。ほとんどの作品に共通しているモチーフであり、テーマでもあるといえる気がします。

利根にとってのマリもまさにそういう「愛」の対象です。

話しあいの終わりとして

関　何度もくりかえすようだけれど、作品のもつ「実験」ということ、「詩劇」ということも、われわれの実験が伝われば理解されるんじゃないか、と今度の仕事では願ったりした。

吉田　それはぼくには伝わりました。木下が描いたなかみももちろん。表現にまだ不充分なところがあるにしても。

関　ここだけの話だけど、この間の上演は、その段階の入口にまでいけば〝以て瞑すべし〟ということかな。〝くやしい〟とか〝残念〟という思いも残るけどね。

リアルタイムに創られた芝居、ちょうどぼくはマリと同い年なんだね、利根はちょっと上になるけれどね。この仕事、演ってみてとてもおもしろかったね。

吉田　今度また上演するとしたら、カッコのついた実験ではなくて、実験そのもの、つまり池袋小劇場の実験ということをはっきりと作品に重ねて示してほしいと思いました。作品はいじらずにそのままにして。

関　木下さんの作品、せりふは直せないですよ。

〈資料として〉羽山英作・大橋喜一の一九五七年の劇評から

一九五七年四月の二日間の「ぶどうの会」試演会を観劇した二人の人の劇評・作品評のごく一部分を載せる。上演を観た直後の数少ない論評であって貴重な文章である。またこのおふたりは、わたしたちが親しいと思っており、かかわりを持たせてもらった人たちでもある。そしてそれ以上に、それぞれの『暗い火花』のとらえかたに学ぶところが多い。

羽山英作（「新日本文学」一九五七年六月号）

わたしは、なによりもまず、木下順二が、『暗い火花』百五十枚にこめた、作家としての芸術的・思想的冒険がすきだ。現代に生きる人間の内部意識を舞台で追求するということは、なかなか困難なことである。しかし、それは誰かが一度はやらねばならぬことである。ドラマの完成度からいえば、それはよくいわれるように、実験の域をやぶりきれなかったかもしれぬ。たとえば、アーサー・ミラーが『セールスマンの死』で、一人の老いたセールスマンの内部をとおして、個々の人間をうかびあがらせ、アメリカの社会ぜんたいをとらえたようには、『暗い火花』は、人間の意識にも現実にもせまることができなかった。しかしここには、困難な実験にたちむかって行こうとする作家の気魄がある。失敗にしろ、それはたんなる弱々しい失敗ではない。失敗のないところに芸術家の道はない。

（中略）

『暗い火花』の利根は、『風浪』の佐山、『山脈（やまなみ）』の山田とは、根もとのところでつながりながら、やはりちがっている。佐山はむしろ、無から出発してなにものかを得ようとする。その過程がドラマである。しかし、さいごには判断中止におちいる。判断は、現実の渦に身を投ずることによってその渦にまかせられる。山田は、佐山と同様、原子爆弾による死によって外部的に拒絶される。かれの現実へのかかわりあい方は、一人生きのこった恋人とし子に、暗示的にうけつがれて終わる。しかし利根は、現実にたいする一つの判断から出発するのだ。それは、戦後という未来をはらんだ状況からみれば、当然といえるだろう。つまり、佐山や山田が終わったところから、さらにいえば『山脈（やまなみ）』のとし子の出発から出発するといえる。そしてこんどは、逆にもどって行く。利根の合理的判断、現実の理解は、すべて崩れ去って行く。そしてドラマが終わったとき、利根は、佐山や山田が悩んだふりだしにもどっているのだ。それゆえ、劇は、どんな解決もなく、もう一度やりなおさなければならない利根をほうりだして終わるのだ。ここに、作品としての良さも悪さもが混入している。

（中略）

わたしは、このマリに、『夕鶴』におけるつうを重ねあわせてみた。つうは与ひょうが、布の商品価値にとらわれたとき、去って行く。そういう世界を理解できない。もはや、つうは永遠に去ったのであろうか。私は、マリのもつ世界に、もっとも魅かれる。現代のつう＝マリは、むしろ利根を理解しようとする。しかし、それは利根のほうからマリのなかにはいって行かねばならないのではないか。利根は、かれの合理を必然を理性を、マリの不合理・偶然・本能で洗わなければならない。そこに一歩踏みこむことのできなかったところに、この劇の最大の不満をおぼえる。

（中略）

誤解をおそれずにいえば、ぶどうの会の人々はせい一ぱい努力していたにもかかわらず、スタニスラフスキイ・システムにひそむ自然主義的演技にひきまわされ、ついに作品にもひきまわされる結果にもなっていたという印象であった。利根の意識、または現実の動きに応じて、ある時は早く、ある時はおそく、現実と非現実の交錯をとらえて欲しかった。

大橋喜一（「テアトロ」一九五七年七月号）

ぼくはこの作品を、劇作家木下順二がもっとも苦心を重ね、しかも見事に破たんしたということの背景には、このように急激に日本を襲った新しいファッシズムの嵐と第三次大戦の危機が、そして、敗戦後数年を経ただけで再び新しい戦争の基地に動員されつつあるという日本の現実が、その真ん中で筆をとるこの作者に大きく作用していると思う。

作品全体が、真暗闇の町工場の事務室を舞台にとらせ、現実と非現実と象徴が入まじった手法をとらせ、一方では、どこで終るとも知れない時間的流れの一点で幕を切らざるをえなくさせているということも、このような時代の空気が、作者に反映したあらわれである。

（中略）

木下氏は、民衆の生命力――生きてゆくエネルギー、知恵といったものを、抽象的に追求するのではなくて、生産の問題をとおしてつきつめようとする。『風浪』『山脈（やまなみ）』でもその意図は深く感じとられはするが、いずれも生産の問題を直接真正面から取くむに至っていない。ところが『暗い火花』にくることによって、舞台を中小企業の鋳物工場にとることにより、そして主人公を、この封建的な親方制度が心理的にも根強く残っている職場を、合理的な近代化された生産方法に改善してゆこうとする青年経営管理者利根にとることによって、直接真正面から取くむのである。これがこの作品がたいへん特異な存在価値をもつ第一の点である。

（中略）

このような感覚的な印象を、停電の闇の中にいる一人の男の心象を中心に構成させていったものは何だろうか。木下氏のテーマを、このような形に凝縮させていったものは何か。ここでぼくは昭和二五年という日本の時点が問題になってくるのである。おそらく作者は、当時の日本という現実社会を、このボロボロの町工場に象徴的に凝縮し、工場閉鎖になるかどうかという切迫した夜の、密着したある短い時間の中に、一人の男の意識の内部を描くことで、この時期のこの瞬間を動かしている意識をとらえようとしたのではないか、と思う。このある瞬間を支えつくり出している人間の意識内部を描こうとしたこと、この点がさきの生産と人間の問題に正面から取り組んだことと共に、この作品の第二の特質である。（傍点＝大橋）

（中略）

問題をある時間の流れにそって展開してみせるということと、舞台上の現実としてのある時間のある行動を、それをつくり出し支えているものとして、分解して展開することとは、形象としてたいへん異ってくるものである。演劇とは行為する人間によって表現される芸術である。そして前者の（従来の劇形式の）展開をする場合は、「問題を人間の行為として表現する」ものである。しかし後者の（『暗い火花』のような手法）場合は、「問題を人間の行動を成立たせる要素として表現する」ものである。前者は人間を、行動する——その過程と結果としてとらえるものである。後者は、人間が行動しようとするのに出来ないということ——そういう行動を舞台に表現するものである。

そして木下氏に、このようなドラマトルギーをもって表現させたというところのもの、それこそ、この時期の、ある人間が行動する意志をもちながら（本当の意味でそれを考えていればこそ）十分に確信をもった行動ができないという、そうした占領下の閉ざされた暗い空気の反映である。それは占領下日本の、出口のない部屋の表現でもある。このことはこのまま演劇芸術での「近代」の表現につながる問題である、と思う。

第二部

木下順二について二つの小論

ぼくの戦後、木下順二、そして池袋小劇場の四十年

関　きよし

少しはまとまった論をものしようと思っていた。木下順二作品との仕事、とくに長年とりくんできた「語り芝居」をテーマにして書くつもりだったが、思いはゆれ動いてまとまらず、筆がなかなか進まない。そこで、かつて書き散らしたぼくの文章のあれこれを利用させてもらいながら、問題を今の自分につなげてみる。木下の実体からはなれていって、関きよし自身のことだけを述べることになるかもしれない。しかし、心のなかでは彼の仕事につながっている、と自分にいいきかせる。

「最近、子どもだった頃をしきりにあれこれ思い起こす。それは、井上ひさし作『貧乏物語』を上演することと大きくかかわっている。」と二〇〇八年にぼくは書いている。このドラマに設定された日付は昭和九年（一九三四）の春。

その年ぼくは八歳であった。教育勅語を基に軍国主義をたたきこまれていたはずだが、ぼくには「どういう人間になろうとしているか」の自覚はなかった。父母や大人も自分たちの願望を押しつけようとしなかった。教師はただただ偉かった。その権威と力は絶大で、ぼくは威力の風当たりを避け

ることに懸命だった。いじめることはせず、いじめられることもあまりない。

七つ上の兄がいた。やがて壮丁となり兵役に服する兄の「兵役免除」の手段として、次男つまりぼくを里子にだそうと計り、一九三四年から伯母の家に預けた。ぼくの不条理感が始まる。兄は、結果として徴兵を免れることなく中国戦線へ。

ぼくは一九四四年学徒勤労動員で、豊川海軍工廠の機銃弾薬莢工場へ。肺結核で帰校、軽労働勤務ということで出版社の講談社「少女倶楽部」編集部に配属になる。四五年六月赤坂連隊に召集されるが軍務不適とされて即日帰郷。入隊した部隊は広島に行った。豊川海軍工廠は八月七日米軍の空爆を受けて二四七七名の軍人・工員・学徒らが爆死、その中に同級生が十二名いた。

即日帰郷の夜、埼玉の農村の疎開先では、「きよしさんよかったね！」と近所のお百姓さんたちが食料をもってそっと祝ってくれた。ふとんを被って寝ていたぼくは声も出ない。

八・一五天皇の放送は講談社の編集部で聞いた。その後、庭に出て青い空と太陽を仰いで、口をつぼめ「シンコクハフメッダ」と、発音してみたが、何の感慨も起こらなかった。翌日から大学にもどるが授業の気配はない。演劇博物館は涼しく静かなので図書を借り出し終日読んで過ごした。

幼い頃から親に連れられて歌舞伎や新派はよくみていた。エノケン・ロッパ・笑いの王国なども。玩具商の父は道楽で清元節にふけり楽しんでいて、頼まれると小芝居や踊りで出演することもあった。

兄が築地小劇場を見ていたのを知っている。ぼくが連れられていったのは一九四〇年国民新劇場と変わってから、ただ暗い印象しかない。戦時中、学校帰りは海岸伝いに歌舞伎座・演舞場の一幕見に通った。本気で歌舞伎俳優になりたいと思ったが、門閥がなくてはダメといわれ簡単にあきらめた。

敗戦後はやはり新劇復活だ。俳優志望の友人は久保栄を慕って「東芸」に入ったから、「君がクボなら俺はムラヤマだ」と、再建新協劇団の研究所にとびこんだ。

新協劇団では演出部員としてさまざまな仕事、初演出はイプセン『幽霊』、そして劇団の分裂時には「中芸」に参加する。再統一された「東京芸術座」には戻らず、「劇団仲間」で五年間演出、その後、「舞台芸術学院」で俳優教育にとりくむことになる。そして、一九七一年、池袋小劇場を立ち上げた。


すべての思い出は一九三四年から始まる。

前年十二月二三日皇太子明仁（現天皇）誕生し国民は二度のサイレンで告知された。

その時、『貧乏物語』の、舞台に登場しない主人公河上肇は獄中にあったのだ。

木下順二の戦中・敗戦体験に重ねることなどとうていできないが、同じ時代を共通に過ごしたとの実感がぼくには強い。そして木下がまちがいなくそうであったように、ぼくもその体験が、その後の思考・行動に大きな影響を及ぼしていることは確かである。

木下順二作品とぼく

ぼくが演出した木下作品を一応整理してリストにあげてみよう。

◇『夕鶴』『山脈（やまなみ）』『暗い火花』

◇『三年寝太郎』『彦市ばなし』『おんにょろ盛衰記『赤い陣羽織』『花若』『二十二夜待ち』『瓜子姫とアマンジャク』

◇『和尚さんと小僧さん』『阿詩瑪』『おもん藤太』『聴耳頭巾』『龍が本当に現れた話』『木竜うるし』

◇（「日本民話選」ほかから）でれすけほうほう・見るなのざしき・大工と鬼六・なら梨とり・たぬきと山伏・わらしべ長者・ガニガニ　コソコソ・天人女房・腰折れすずめ・豆ッこばなし・こぶとり・うばっ皮・みそ買い橋・ツブ息子・山のせいくらべ・あとかくしの雪・かにむかし

◇（「イギリス民話選」より）ジャックと豆のつる・ちびちびっと・怠けもんのジャック・三人のばか・おばあさんと子ぶた・脳ミソを少々・ヘドレイの牛っ子・ジャックと黄金のたばこ入れ・世界の果ての井戸・だんなの中のだんなさま・巨人たいじのジャック・とうもろこしパン・ろばとテーブルとそれからこん棒・フォクス氏・さかなと指環・ノロウェイの黒い牡牛

池袋小劇場（劇場・劇団）での上演が多いのは当然だが、他の劇団で演出したものもあり、舞台芸術学院で指導上演した舞台もいくつかはある。『夕鶴』は韓国で、ソウル西京大学の日本語学科の学生によっての上演だ。民話を多くとりあげていることは、池袋小劇場をスタートさせたころからの主張に基づくものといえるが、そのことについては後に述べよう。

木下作品を問題にするとき、ぼくは、彼の戦後間もなくの仕事からはじめないわけにはいかない。『山脈（やまなみ）』と『蛙昇天』の初演舞台に接したことが、ぼくの演劇人生に大きな影響を与えた。吉田一とすすめている共同作業がこの『木下順二・戦後の出発』の仕事なのだが、その観劇体験はぼくの戦後の出発とも重なっている。

ということで、まず、この二つの作品と舞台に触れる。二〇〇五年「悲劇喜劇」誌の「特集＝この六〇年」に書いた、それも「戦中体験と戦後の出発――三越新劇時代『山脈（やまなみ）』『蛙昇天――』」と題するぼくの文章の一部分を引用させてもらう。（作品の具体的な内容についてはこの本の第一部でとりあげているので、ここでは省略。）

一九四五年の暮、焼跡に残った有楽座でチューホフの『桜の園』が新劇合同で上演されて戦後新劇の歩みを〝翻訳劇〟で初めたことは、築地小劇場以来の戦前新劇をそのまま受け継ぐことを象徴しているようだ。だが当然に、新しい時代のドラマたるべき日本の創作現代劇を期待する声が民衆の間に熱くあった。いわく〝創作劇待望〟。それは簡単に満たされるものではなく六〇年後のいまにもつづく新劇にある二つの呼び名、翻訳劇と創作劇。

戦後の慌ただしい出発の混乱を深刻な劇場難の中で動きはじめた新劇は、紆余曲折を経てだったが三越劇場が使えるようになる。新憲法施行の日となった一九四七年五月三日から俳優座公演・真船豊作『中橋公館』がはじまり、のちに〈戦後三越新劇時代〉といわれるやや安定した新劇興隆期がつくられ一九五二年までつづくのだが……。ぼく自身も新協劇団演出部員として四七年『タルチュフ』、四八年『桜の園』『土』などでこの劇場の舞台裏で働いていた——。

木下順二作、岡倉士朗演出、劇団民藝(第一次)公演『山脈(やまなみ)』は(記録で)一九四九年三月四日に十七日間二七回上演された。入場料税共百四十円、入場者数一九、二六九名(一一五%)。二年前俳優座公演の入場料は免税で三十五円(凄まじい戦後インフレだ)。

木下順二作、岡倉士朗演出、ぶどうの会勉強会『蛙昇天』は、一九五二年六月十三日から三日間五回上演された。入場料税共百八十円。(毎日新聞五二年六月二十一日「三越劇場夜間は閉鎖/新劇事実上締め出さる」で)「……この措置は昼間客足の少ない新劇にとって事実上締め出しとなるので各劇団に衝撃を与えている。最近の上演がほとんど赤字であり、その上さる十三日から同劇場で短期公演したぶどうの会の『蛙昇天』が左翼系観客を集め、その結果日本橋署の調査を受けたためといわれる」。

ぼくはこの『山脈(やまなみ)』の舞台を何回観たのだろう。八月六日と十五日をぼんやりほとんど無自覚に跨いでわたった〝十五年戦争のアプレ・ゲール〟のぼくは、戦後日本を生きつづけるためには戦争の体験を主体的に捉えねばとこの芝居から気づかされた。燃えるような恋愛と知的に生きる充実した生命を創造したこの劇は、原爆の悲惨と戦後のあるべき未来社会を、早い時期に示した現代創作劇だ。

私事にかかわるが、この戯曲は一九七〇年三月、舞台芸術学院の卒業公演として三日間四回俳優座劇場で十九期生十二名によって上演した。初演から二十一年目、作者の許可を得るのに協力してくれたのは浜村米蔵、八田元夫、茨木憲、下村正夫らの先達である。俳優の中には市村正親・仲原明彦らもいた。みんなで山本安英宅におしかけたり、信州の現地をたずねて歩いた。

『蛙昇天』は前掲の「新聞記事」にあるように劇場内外騒然たる状況の中で上演された。新しい憲法は四七年五月三日施行されたが、五二年四月講和条約発効まで米軍占領下にあって内外に多くの事件が起り、政治ははげしく動いた。戯曲は「世界」誌五一年六、七月に発表され注目された。上演にあたって上原専祿は次の感想をよせている（『山本安英舞台写真集』資料篇所収より）。

（前略）おおきいスケール、たくましい構成、はげしい律動、それに何よりもきびしいモラルと鋭い批判、それらを具備した「喜劇」（中略）が一日も早く上演せられるであろうことを念願すると同時に、実はその実現について少なからず不安を感じたものである。だいいち、時勢がよくないし、それに、作意を舞台で生かしきるためには、危機的現代への問題意識、真に創造的な芸術意欲、そういうものが演技者たちにどうしても必要であり、単に技法などでこなしきれるものでない、と考えたからである。（下略）

この寓意劇の構成は五幕。奇数場面は国会議員たちの策動。アカガエルに抑留されたシュレ（久米明）は哲学青年、自己に忠実に事実を事実として政治的立場にとらわれず真実を求めようとする。議員たちはシュレを赤と断定。母のコロ（山本安英）は息子への思いを絶叫する、「戦争はいやです！　あの子がそういえと申しました。本当に、心からそう思ってる者だけがこの言葉をいってもいい」と。「そうだわ」「そうだ」の声が客席・ロビーにもこだました。

戦後初期の社会の転換期に生まれ上演されたこの劇をいま冷静に見つめることは、作者のドラマ構造と様式の実験を確かめると同時に、主人公の行動の根本となる「真理の存在を信じる感覚」がどんな「あるべき良い生活と未来」を指向するのかを考える糸口となるだろう。

この二つの木下作品の舞台を観たことは、その他さまざまの体験とあわせ、自分たちの創るべき演劇は、そして演出という仕事からみて、日本演劇の問題点はどこにあるのかをぼくに考えさせる力になった。一九五〇年代にぼくが求めていたその課題を、これも当時自分の書いたことばをそのままにたどりながら、もう一度ふりかえって考えてみたい。

「……そもそも演劇の目的は、今も昔も、いわば自然に向って鏡をかかげ、正邪をくっきりと写し出すにある。(『ハムレット』)」のせりふを意識するときが多かった。「文学」誌一九五九年の四月に載せた「演劇理想像の発見を」という小論で、ぼくはそのせりふを冒頭にあげて次のように書き出している。

ドラマの混迷がいわれ、ドラマトゥルギーの確立がさかんに論じられている。そしてマスコミの脅威を唱えながらも、今日それぞれの新劇団は独自の公演を打ちつづけ、戯曲も数多く生産されている。一方では、周囲の根づよい新劇への不信とたたかいながら、新劇の大衆化を叫び、観客とのつながりを強めようと懸命である。しかし現在まで、戦後のこれはピークであるといえる創作戯曲の舞台を作り出せないでいる。

戦後のピークといったが、これは戦前の、たとえば、久板の『北東の風』や久保の『火山灰地』などの舞台に対応するものとしていうのであるが、その意味では「戦前」に対してなにが「戦後」なのか、戦争の前後をつなぐ演劇のリアリズムの系譜も未だ明らかではない。

「戦後」などとしきりにいうのは、新劇の、古い世代のセンチメンタルな思い出からでしかないのか。ぼくが、「戦前」の到達点などといっても、実際にはお目にかかったことのないぼくなどは、そんな感傷の尻っぽにぶらさがってきたおろかなエピゴーネンであったのだろうか。

しかしなのだが、ぼく自身にとって、戦争末期の唯一の精神のよりどころであった劇場通いと、敗戦時の思想的混乱の中で読んだ、小山内・久板・久保等の著作に触発された演劇への志向は、屈折を経ながらも今もってつづいている。

「変貌」のみが演劇のあるべき姿ではないのではないか。演劇は時代とともに常に新しい衣裳をこらして「風俗」を映し出すものではなく、むしろ「風俗」にうちかつ力となるべきものではないのか。冒頭のハムレットの古典的訓戒は注意深く読むならば、自然——社会に対する、時代を超えた演劇の生命力を言っているようにぼくには思える。

モスクワ芸術座の来日上演がさまざまな反響を呼んだ。信頼できる新劇人たちの一致しているのは、ほんとうの演劇を見たという感動と、芸術としての演劇の力に確信をもったということではないか。日本の新劇の舞台を芸術座の舞台と比べたとき、日本の場合、そこにおびただしい「説明性」の氾濫が見える。ある時は登場人物の心理の説明、ある時は人物のおかれたシチュエーションの説明。そしてそのことは未熟さの証明ということだけではなく、そもそも日本新劇の表現「技術」の中に「説明性」の入りこむ余地があったのだ。新劇のスタート時に西洋近代劇の移植上演が強く企図され、欧米人の生活を模倣的に写し、そして移すことからはじまった歴史的な事情が「説明性」の舞台をつくり、それを拡大していった。

ぼくは日本の新劇の歩みを否定したり、過小評価するつもりはない。共通の演劇理想像の欠如が如何に表現の弱さと結びついているかということ、そして共通の演劇理想像を照らし出すことの中でこそ遺産の正しい評価がなされるのだとぼくは考える。

俳優が舞台の上で行動することは、登場人物として思考し、かつその生活を正しく生きることである。彼らが観客席に対して舞台の状況や人物の心理状態を説明しようとする時、観客は熱い心ではなく、冷たい目で彼らを眺めることを知らなくてはいけない。俳優には作家の与える明確なシチュエーションと、「説明性」ぬきのコトバを必要とするのである。いや逆に、作家がぼくたちを夢中にさせるような興味深い境遇と魅力あるコトバをつくり出してくれたからこそ、ぼくたちは、舞台というミクロコスモスをつくるのだといえる。

観客をして、舞台を現実と錯覚せしめ、陶酔させるのではない。舞台を通じて「事実」を伝えること、これが現代の演劇の目標であるだろう。しかしこの事は、劇作家は「事実」を提供し、俳優はこれを伝える、といった簡単な論理でない事は明らかである。劇作家の思想が俳優を通じて花開くためには何らかの舞台表現を媒介とする必要があるという、「演劇」のもつきびしい論理をぼくたちは明らかにしなければならない。

過去の蓄積の上に立って「演劇」の理想像を把握する努力をしたい。これは困難な長い道程を必要とするだろう。しかしこれを目ざす努力の中でぼくたちの表現の中にある「説明」を除いていかねばならない。そのときはじめて「演劇」の論理が文学理論への傾斜をやめ、戯曲は完全な表現をとり、劇作家は正当な地位につくのではないかと、ぼくは思う。

この小論の終わりに、ぼくは自分のことに関して、次のことばを付け加えている。

演劇が現代の世界にもつ力をより大きく強いものと信じたいぼくは、現在ファーガソンの「演技的感受性」の理論と、ブレヒトの「叙事詩的演劇論」に興味を持っている。

一九五九年の時点で自分に与えた課題――演劇理想像の明確化と舞台表現の深化――を、ぼくはその後半世紀のあいだ追いかけてきたわけだ。そして、池袋小劇場での四十年の実践はそのためのものだったといってよい。

ここで、もう一度、木下順二について想起しておきたい。右にあげた論述のはじめに、ぼくは『ハムレット』のせりふを引用した。その同一のせりふを、木下は彼の最後の戯曲作品『巨匠』のなかで使用している。ドラマの最後のシーン、俳優がかつてのあの〝巨匠〟の朗誦をいま自分が受けつごうとするところで、その俳優につぶやかせる。訳は木下自身のものでぼくの引用したものと異なるが、それは、「――自然に対して鏡を掲げる、正しいものはその通り、醜いものはそのように、時勢のありさまや本質をくっきりとうつしだす――」。

そこにこめられた作者木下の思いはぼくたちそれぞれが想定するしかないが、彼が「演劇」の役割について意識しつづけた思考がそこにしめされているのは確かだ。

語り部集団としての四十年

一九七八年に発表した「池袋小劇場マニフェスト」の中で、わたしたちは、上演台本選択の一つに「主として民話を材とした、かたり芝居」をかかげている——実際に「おはなし劇」にとりくんだのは、そのときから五年前、創立間もなくのころだったが——。そして、民話に限らず、広い範囲で、詩・散文・記録などの舞台化をすすめてきた。戦没学生の手記を綴った『きけわだつみのこえ』のシナリオにもとりくみ、漱石の小説『夢十夜』は繰返し上演を続けた。

出発時は、子どもの絵本を「おはなし劇」といって上演したが、複数の俳優が語り手＝演者として舞台を紡ぎ、立体化上演するやりかたは、ブレヒトのいう叙事詩演劇の方法と共通すると息巻いて、「かたり芝居」はうそとまこと／虚と実、策を講ずれば何事であれ舞台にのせられる、と熱中しだすことになった。

そのとりくみの主軸となったのは、やはり「民話」だった。木下順二のことばを借りる。「本来口から耳へ語られるものであった民話のおもしろさの非常に大きな部分が、文字に書きしるされた場合にも、その「語り口」の中にあるということはいえるだろう。語り口というのは、文章でいうなら「文体」だが、ここで文体という場合、単に表現技巧というようなことよりもう少し複雑な内容をいうのである。はなしの好きな老婆が民話を語るありさまを思い浮かべてみると……」と彼は語っている（『わらしべ長者』あとがき）。木下が民話の採録の表現に示した関心と苦心だけでなく、彼のすべての劇作品に、この意味での「文体」への配慮が払われている。

ぼくたちは、彼のいうこの文体を劇の語り口としてどう舞台に現わすかと、四十年挑戦しつづけてきたのだ。それは、民話の問題として出発するのだが、すべての戯曲上演、舞台づくりにあてはまる課題として、われわれの目の前に立ちはだかる。

ぼくがかつて書いた叙述を使ってそのとりくみを述べる（「悲劇喜劇」一九九五年八月号に載せた「語り部集団のワークショップ」から）。


やはり事柄は演劇の問題なのである。だから、とどのつまり観客にどう伝わり結びつくかにかかわっている。「演劇は出来事である」といったのはピーター・ブルックだが、彼がどこかで「かねてから劇団は語り部集団だと考えている」といっているのを読んでびっくりしたことがある。いま、十数年前からのことになるか、ぼくもまったくその通りに思いつづけている。彼は『マハーバーラタ』のような叙事詩劇を創っていたのであり、むろんぼくのはピーターの考えの深さ大きさに比ぶべきものではないが、「かたり芝居」を標榜し、その方法と効用をまさぐってきた仕事現場の人間として、形は小さく仕組みはささやかだが、このスリリングな「語り部集団」としての仕事を進めているのだ。

池袋小劇場というのは劇場の名であり、劇団の名でもあるのだが、二十年ほど前、一九七五年ごろから「かたり芝居」に意識的にとりくんできた。はじめは童話や民話、ブレヒトの劇をしばしばとりあげるようになる。ブレヒト叙事劇を、こまかい理屈はともかくぬきで、「かたり芝居」だとこちら側にひきつけて上演しつづけた。

これは本拠地が小空間であることと、劇団は無名の若い俳優たちの集まりであったこととときりはなせないことであった。未熟ではあっても鋭い感性が生き、そしてみんな何より対等でいられた。演出家の仕事はもっぱら、余計なものを削ぎ取ることにむけられていたようだ。

うまくいけば本質的なもの、劇を劇たらしめる、そのものとして成り立たせているそれ独自ののだけが浮かびあがる。舞台を飾る無用なものは消え、若干の光線と鋭い振動・音楽が残り、その役割はいよいよ強く意識されてくるようになる。

そして、ここがいちばん大事なことなのだが、題材となっている小説・昔話から、新聞記事・シナリオ・詩・叙事的戯曲にいたるまで、そのことばが洗い出されて、その集合が、いくつかの、大ていは数個の視点、というのは事柄を見る観点の立場のことだが、ほぼ定まってあらわれてくるのである。

ほぼ定まって、というのは、それが固定点ではなく、いくらかずれて視差をふくんでいるということなのだが、これがまたおもしろい。視差が示唆となって、人物の行動やこころ、事柄や有りよう成り行きが、外側からだけでなく内側をものぞかせてくれる。つまりは物事の外形だけでなくその内容を教えてくれるのであった。

その数個の視点はすぐれて公開的であって、微妙ではあるが秘密は何もない。すべて開放され快い。それはことばではいいあらわせないような、こまかいところに複雑な意味や味わいがふくまれているということで、この変化する様態そのものが、ぼくらの仕事の実体であり内容なのである。

「変化しつつある」と「実体」この矛盾律、両立し難い関係を実際に体得する、つまりは対立しひびきあいながら、事柄の筋道をつけて行くのが俳優の、それこそほんとに大変な大仕事ということになる。閉じこめ匿《かく》すのではなく、押しひろげて覚《かく》す。

この暗示をふくんだ予感というもの、それが生まれるには、七〇年代にブレヒトの『セチュアンの善人』『ガリレイの生涯』『第三帝国の恐怖と貧困』やモリエールの笑劇八篇、ワイルダー『わが町』などをつづけて上演したこと、チェーホフの『イワーノフ』をラストシーンからはじめて〝物語りを過去形で示す〟試みをしたこと、子ども向けに日本民話や賢治童話をそのまま舞台にのせたこと、シェイクスピア作小田島雄志訳の『夏の夜の夢』をノーカット二時間の語りものにしたなどが背景にあることを、その時は意識していなかったのだが、いまにして思い知る。事実「虚構をひらいてみせる」をぼくらは合言葉のように使っていたのだった。

八〇年代には、イギリス民話『ジャックと豆のつる』などジェイコブズ作・木下順二訳を、それぞれ三人から五、六人が役割を演じつつ物語を進めてゆく手法を開発した。そして映画シナリオ『きけわだつみのこえ』や沖縄の新聞三か月の記事による『F・A・C・T』、芥川龍之介の王朝ものなどにも挑戦する。

興味深い体験であったが、試演にとどまって、舞台表現として仕上げるには再演、三演を待たねばならなくなる。

こうして、そのころから「かたり芝居」の試みは〝ワークショップ〟と位置づけするようになる。

そして、時間をさかのぼって九〇年の文章、「わが目録・『むかしが六つ』上演まで」の抄録で、ぼくの思いをもう少しだけ語らせてもらう。

年末の某月某日　夏目漱石の『夢十夜』の上演を終えて、来年度シーズンを〝かたりしばい〟でやりぬこうという気持ちがかたまってくる。内容はいずれも懸案となっていた、木下順二作による日本民話、同訳によるジェイコブズ作イギリス民話、宮沢賢治の童話風小説の（三つの世界）にしぼる。それでも大変な量になる。劇団内部の研究実験装置であるワークショップの訓練稽古を経て〝作品化〟することにしよう。長い手順になるが、あせってはいけない。十年来やりつづけてきた〝かたりしばい〟の集成にしよう。目黒駅近くで赤木三郎さんと台本作業の打合せ、これまで以上に緊密と集中を心がけようと約束。

春になった某月某日　吉祥寺の劇場で木下さんにお逢いした。二言三言葉を交しただけだが「仕事つづけてますから……」とお報らせをしておいた。

春の終りの某月某日　汗ばむ日、池袋小劇場での『天守物語』打上げ会場で、「秋には、これがむかしばなしか、アッというものをお目にかけます」と啖呵をきった。質問続出。

若葉のもえる某月某日　赤木さんから二十二本目の台本がとどく。日本民話が十二、イギリス民話六、宮沢賢治四であるが、くわしくみるとそれぞれすべての台本化の方法が微妙にちがって面白いが、大変な仕事。松尾演出助手によってどんどんワープロ台本が出来る。その山の前でじっと腕を組む。

夏のさかりの某月某日　今年前半の上演作品は五本、『じゃっく・ジャック・ＪＡＣＫ』『むかしあるときあるところ』『おろかものがたり』『セチュアンの善人』（以上巡演）と『天守物語』初演である。二〇人足らずの人員でよくやりぬいたと思う。

さて、九〇年秋からのシーズンプログラムはまず〝かたりしばい〟連続三回上演ときめた。九月に日本民話、一一月はイギリス、来年三月を賢治で、としたが、二二本ある台本から何をどう作品化するか。はじめの日本民話は俳優五人だけでマラソン上演。その六本は「ガニガニ　コソコソ」「天人女房」「豆ッこばなし」「腰折すずめ」「ツブむすこ」「うばっ皮」。この並べ方に赤木三郎構成の妙が見える。上演題名はいろいろ考えた末『むかしが六つ』となった。子どものための芝居と先入観をもたれたくない、あくまで自由でたのしい叙事現代劇として観てもらいたいのだが。

暑い熱い盛夏の某月某日　イラク軍がクウェートを占領した。いよいよ戦争か！　と心騒ぐ。『むかしが六つ』の稽古は進むが、はじめから「文字」「文章」をあたえられた俳優たちは、その上台本作者による分断分割をつきつけられ戸惑っている。これまでの〝かたりしばい〟への先入感と習慣からなかなか抜けだせないのだ。五人の俳優間のひびきあいを高めること、はなしの意味面白さを深く、ことばを形でなく内容でとらえること、つねにそこにもどっては進む、そしてまたもどる。

二〇号台風で大雨の某月某日　小ホールで五日間の公演の千秋楽。雨・風にもマケズにきてくれたお客さんに感謝。おかげで打上げもにぎやか。ことばの魅力、民話の奥深さ・豊かさについて話ははずむ。俳優たちも明るい。十一月池袋演劇祭にはイギリス民話から『世界の果ての井戸』と『セチュアンの善人』改訂版を。

『むかしあるときあるところ』または『むかしが六つ』の具体的ななかみについては、九九年四月の池袋小劇場機関紙に載せた「ねりま子ども劇場」のプログラムにこんな解説をつけているので、参考にして理解していただけるとありがたい。

一九九九年、池袋小劇場の新版かたり芝居は、木下順二の再話による日本むかしばなし六つを集めて、お送りします。それは、日本に民話劇という新しい世界をつくりあげた木下順二の、むかしばなし再話のすばらしいことばの世界を、そのままに台本化して、六人の俳優がかたり、また演じるものです。俳優たちは、人物のことばとして書かれたところも、ものがたりの文章のところもすべてかたり、人も鬼もたぬきもからすも木の葉もひょうたんもすべて演じ、男優でも女も演じ、女優もまた男を演じて、つぎつぎと、いくつかの役が変わります。演出家の関きよしは、こうした演劇の表現方法をさぐりつづけて、これまでにもおはなしをはじめとして、絵本や映画シナリオや小説など、できるかぎりもとの文章をけずったりつけくわえたりしないようにして、つぎつぎと舞台にのせてきました。池袋小劇場では、この形式を「かたり芝居」と名づけています。

○ はじめにあそびうた
1 でれすけほうほう
2 見るなのざしき
3 なら梨とり
4 大工と鬼六
5 たぬきと山伏
6 わらしべ長者
○ めでたしめでたしやなあ
おわりに太鼓うた

このかたり芝居「むかしあるときあるところ」では、美しくもふしぎきわまる「でれすけほうほう」と「見るなのざしき」の二つのはなしをはじまりに、山のばあさまや山の鬼や山のたぬきとかかわった三つのはなし、そして、ほんものだか夢の中だけにあるものだかの、ふしぎなしあわせをさずかってしまったとんとん拍子の「わらしべ長者」のはなしの、六つのふしぎむかしをえらび、それを、山にわけ入り、また山を下って、やがて村から町へとむかうような流れにてんてんとふみ石のようにおいてみました。すると何かそれが、山からわき出たおはなしのひとつぶの源流が村をとおって町へと流れてゆく川の流れのようにも思え、古い時代から今にいたる時間のながれのようにも思え、あるいは、おもたくうすまってゆく道すじのようにも思えるのです。

木下順二作『でれすけほうほう』のとりくみから

『でれすけほうほう』の冒頭は、こんなふうにしてはじまる。

木の実を拾いに、みんなで山へ行った。
よんべの風が強かったから、しいの実もとちの実もかやの実もならの実もどんぐりも、たくさん落ちているはずだ。
十人ずっとつながって、いつものように、前からひとりひとり、大きな声でうたいながら歩いて行った。

ひとつ　平茸《ひらたけ》　かっぱの手
ふたつ　ふくろの　ひるめくら

みっつ　溝蕎麦《みぞそば》　牛の顔

「もっとでっけえ声でどなれえ」と、おれが、いちばんうしろからどなってやった。

よっつ　夜鷹《よたか》は　ふくろの子

いつつ　兎口茸《いぐち》は　馬の沓《くつ》

「まあだだいぶん風が残ってるだぞ」と、誰かがいった。

むっつ　椋鳥《むくどり》　しらがどり

ななつ　なめこに　栗の飯《めし》

やっつ　やまがら　よく寝る子

ここのつ　皮茸《こうたけ》　猪《しし》の茸《たけ》

そこでおれが、いちばんでっけえ声でどなってやった。

とうで　とうとう　とんびの子

でれすけ　ほうほう
でれすけ　ほうほう

と、みんなで合唱した。

十人の子どもたちが、こうしてうたいながら、山に入っていく。それぞれうんと木の実を拾い、庭のように平たいところに出る。

みんなで、かえる跳び、膝に手をつきまるくした背中を、「ひとつ！　ふたつ！」とどなりながら跳びこえていく遊び。そのうちに、跳ぶものが二人跳びこえてから次が跳び始める、それから三人跳びこえてから次と、いろんな跳びかたをしているうちに、なにがなんだかわからないようになってしまう。

もう夕方が近い。さあ帰ろうと列をつくり、行きにうたった数えうたを歌いながら歩きだす。ところが十人のはずがどうも一人おおいのだ。「とう」のあとにひとり残る。だれが先に立ってもそうなる。顔を見つめあっても知らない顔はなく、どう数えても十人しかいない。「誰がふえただ？」——「おれではねえ」。数えていると、その声が、おれのをのけて十あった。

作者木下順二は、この『でれすけほうほう』について
「北の国の旧家の座敷に住むという姿の見えない小童、座敷わらしというのはまことに魅力的な存在で、前から時々気にしていたのだが、やはり宮沢賢治の『ざしき童子《ぼっこ》のはなし』は図抜けておもしろく、その中に、輪をつくってぐるぐる回っていた十人の子供がいつのまにか十一人になっていたという話に確かヒントを得て、私はこれを書いたのだったと思う。」（略）
「こういうものを書くとき、私はほとんで無意識に声を出して読まれてもいい積りで書いているようなのだが、この場合まさか群読とまでは考えていなかった。ところがそれを、見事に群読に、TBSの酒井誠氏が仕立てなおしてみせてくれたので少々びっくりした。七五年に〈山本安英の会〉が東北、東京、中部地方などで『夕鶴』を公演した時の併演演目としてである。出演は〈山本安英の会〉の朗読グループであった。」（「『でれすけほうほう』について」、『龍が見える時』三月書房刊、一九七八年六月）
と述べている。

池袋小劇場での『むかしあるときあるところ』そして『むかしが六つ』のA・B・C三つの組みあわせのなかで、この『でれすけほうほう』は積極的にとりあげた作品だ。語り芝居ということでは、

その特徴がよく生かせる表現の力を最大限発揮することで作品世界が豊かに成り立つ。なによりも六人の俳優のチームワークが最大の武器。

しかし、十人の子どものふしぎ体験を観客に理屈ぬきで身近なものとして感じさせることが難しく手こずった。話の筋を伝えれば解るというわけにはいかないのだ。「語り部集団のワークショップ」の報告を使って、ぼくたちの実践を述べてみる。

話の中のどの部分をだれが語るかによって意味がまったく変わることがある。ワークショップの中でぼくらが『でれすけ二番』とよぶ作品が生まれた。

語り手は同じく六人で、初演時の「一番」では、冒頭の「木の実を拾いに」「みんなで山へ行った」は六人みんなだったが、「二番」では1「木の実を拾いに」23456「みんなで」1「山へ行った」となり、そして（みんなちらばる）というト書きが加わって、1「よんべの風が強かったから」2「しいの実も」3「とちの実も」4「かやの実も」5「どんぐりも」6「たくさん落ちている」1「はずだ」と分れ、（間）があって、23456「十人／ずっと／つながって」1「前から」3「ひとり」4「ひとり」5「大きな声で」23456「うたいながら／歩いて」1「いった」（間）……となった。

つまり分割がこまかくなされたことで、内的リズムが生まれ、各役割が定まる。そして個と集団のありようとつながりかたが画一的でなくうかびあがってくる。六人は、一人と五人の対にもなり、それぞれの個でもあり、また五人は個を消して集団そのものにもなる。そして一人は主な語り手であるとともに、己れだけでないひとりひとりの内側のこころをもあらわすのだ。

俳優はだれでもきめられた言葉を発音朗唱することはできる。だが連なるほかの言葉とのあいだに何が起こっているかの問に答えるのは難しい。新しい分割での『でれすけ二番』はぼくらのかたり芝居での大きな試練であり実験であった。それには素材がもつ密度がどうしても必要だが、『でれすけほうほう』は充分におもしろい。六人の俳優が集まり散らばり、言葉と動きのかけあいで束の間の幻影をつくり、消えることでひろがっていく。

「みんながみんな、自分のこともひとのことも、そうだけれどもそうでもないみたいな気分になっているわけだな／おれなんかどうでもいいというみたいな、いいや、おれが頑張らなければというようなふうな、そんな気になってきた／みんながみんな、そんな気になって、その気がそろって、あたり一面、なんだかふくれあがって、身がしまって行くようだった。」（『でれすけほうほう』）こういうエクスタシーの一瞬が舞台上で完全に再現されることが、俳優と観客の発する力を同時に交叉集中する歓喜の現象が、小空間で起こるときがあるのだ。そのとき六人の俳優の目は輝いている。そしてそれぞれの個の立場を主張している。それは俳優と観客のこころがひらき、ほどけてゆくときで、複数の視点が同時に現れる。これをぼくは、小空間とわかちがたい俳優と観客とともに知った。舞台を立体的に立ち上がらせるには、単一の視点ではなく、ひそんでいる多くの異なった視点を探しだすこと、見つからなければ創り出すこと。

「いわゆる語りというのは、内容を一度自分のものとして語りかけるようにするわけで」「多様な表現をとらないと生きない」とは山本安英のことばだが、そのとおり、やはり事柄は演劇の問題なのである。

「語り芝居」の一例として『でれすけほうほう』をあげてみた。しかし、語りの問題は民話の表現だけに属するものではなく、叙事詩的な演劇はすべてその視点からとらえなければ、正確で深い表現はできない。ブレヒトの仕事はまさにそうなのだといえるだろう。

長年ブレヒトと向きあってきて、いくつか発見をした。何よりもブレヒトのことばは理論も作品もすべて〝詩〟として読まねばならぬこと。集中力による単純な行動と簡潔なひと言には表現者の高揚が内に満ちている。そしてそのことが、ブレヒトの変革への教育者＝挑発者ということと強く結びついている。

ぼくの語りものへの関心のルーツは「ブレヒト教育劇」に刺激をうけてのことからだといってもよい。だから、ぼくには、ブレヒトともうひとつは〝むかしばなし〟、この二つがいわば自分の創造の柱として意識されつづけてきたといえる。

木下順二に戻っていえば、彼が、なぜ、多くの民話をとりあげ作品として再録したのか、どうして「民話劇」を創りつづけたのかを、追求したなかみにあわせ、「ことば」「語り」のはたらきのもつ意味から、ぼくは考えなくてはならない。

そして問題は、民話の次元にとどまるものではない。木下の戯曲作品のすべてにはそのはたらきが貫かれている。いうまでもなく、『子午線の祀り』は、せりふと語りとの融合と緊張で作品世界が構築されている。その集大成である。だが、『子午線の祀り』だけにいえることではない。木下最後の戯曲『巨匠』はその「締め括り」であろう。他の木下作品も、強弱のちがいはあれ、「ことば」「語り」

が決定的な力となってドラマを支えている。

ぼくは、最近、『暗い火花』を手がけてみて、そのほとんどのせりふが「詩」的表現であることを痛感した。そのことによって、人間の意識がはっきりと開示されていく。ブレヒトと共通の土台がまさにそこに存在している。木下順二とブレヒトのドラマとは間違いなく共通項をもっている。

もちろん、この両者のドラマトゥルギーの違いは大きい。木下の表現には「簡潔なひと言」でなく、人物の思いを吐露するせりふも多い。しかし、ことばとしてのせりふの役割、その力によって、ドラマが現実・歴史に対する認識に結合していくモチーフとテーマ。ブレヒトと木下との創造の近しさをぼくに感得させる。

それは、いうなれば、ぼくの演劇実践の歩みと重なるものであったのだ。

池袋小劇場を閉じる

一九七一年発足から、池袋の地に本拠をすえて活動してきた池袋小劇場、二〇一〇年の暮れにその幕を降ろした。四十年の歩みだった。

一九九二年に「街と小劇場――二〇年目に」という文章、そのはじめの部分に、ぼくはこう書いている。

ぼくたち池袋小劇場というのは劇団の名であり劇場の名でもある。東京・池袋の西口、駅から地上に出て徒歩三分とかからぬ、繁華街の雑居ビルの中にある。劇団の創立が一九七一年、劇場の発足が七四年だから、ほぼ二〇年経ったことになる。

一九七四（昭和四九）年といえば、前年からの石油危機と狂乱物価で明けた年であった。そのときまでぼくらは本気で建物としての有形劇場を池袋で創るつもりでいたが、土地と建築費の急騰は、計画を断念させてしまったのだ。国会で物価集中審議がやられ、商社・企業の悪徳ぶりがつぎつぎ暴露され、ヤミカルテルが告発されていた頃、活動をはじめて四年目の勢いにのった劇団は休むことを知らずつぎつぎ新作を準備していた。その年のはじめ、事務所をかまえていた今のビルの四階が空室になった。ベニアで仕切った教室があり全部で一四〇平方メートルあるという。そのころ何よりも広い稽古場がほしかった。家賃を払いつづけられるかの心配もあったが、まずは保証金の工面に奔走しなければならなかった。かくして夢の劇場建設計画はつぶれ、雑居ビル一隅の賃借〝小劇場〟発足という次第となった。

そして二〇〇三年、池袋小劇場三〇年を節目ということで、自分がいろいろな時点で書いた文章をまとめて、『夢空間』という本を刊行した。その「はじめに」で、ぼくはこう思いを述べた。

「すべて人間の営みは、結果を見通して動くものではない。もちろん生きてゆく行く手に、一つの理想を見、願望を描くことはできる。しかし現実におこることは、その理想や願望を幻とすることの方が多い」。これは昨年末に亡くなった松島栄一さんの〝歴史劇を考える〟目であった。松島さんはその考えのテーゼを津田左右吉から学んだという。

ぼくにはその津田に憧れ歴史研究を志した時期があった。それを果たせぬまま新劇の道へ横すべりのようにふみこんだのだ。

松島さんの文はつづく。「それゆえ、わたしたちにわかっている結果が、なおわからないものとしての人生を生きることが、必要ではないか」と。松島さんは「忠臣蔵」に焦点をすえ実証して見せたが、それは何でもよいはずであったともいっている。ならば、ぼくらはすべて〝歴史劇の中〟を生きている、とはいえはしないか。すると五〇年余り劇の中をさ迷ってきたぼくが学ぶものも、〈いま、その時を生きる〉こと。


そして、二〇一〇年とともに池袋小劇場の活動は終わる。

ところで、一九七八年四月、創立から八年目、ぼくたちは、六章からなるマニフェストをまとめた。「一九七八、池袋小劇場　いま、わたしたちは……」だ。内部資料で気負ったいいかたをしているが、そのなかみはその後の仕事に生かされている。長くなるが、第四章までを書き写す。

1　現在の「高度成長社会」の歪みの反映ともいうべき多極化した演劇・文化状況の中で、日本の演劇、とくに新劇運動の到達点を継承し発展させるための、また現代に生きる市民にとって意味をもつ、創造をおこなうためには、いま、一定の集団の一貫した持続した行動が必要と考える。
わたしたちは、なによりも演劇というジャンルに同時代人とともに生きる最大の娯しみを見出すものの集まりである。いま、わたしたちのめざすのは、観客と深くむすびつき、根拠地としての専用の小劇場を、市民の間に定着させることである。

2　演劇芸術は、演者と観客が時間と空間を共有することによって成り立つ。小劇場こそ、その原型であり、いま、とくに新しい演劇運動をおこす拠点となるものである。わたしたちは、小劇場のもつ特徴と優位性を活かした創造を追及することが、いまとこれからの日本の演劇をゆたかにすると信じる。わたしたちは、4Fホールをもっている。いまは、これを最大限に活用し、より密度のある演劇的時間と空間を新しくつくりだすことで、観客の支持を得ることをめざす。そして、より良い劇場を獲得するためさらに進む。

3　わたしたちのつくりだす演劇はつねに、①娯楽的であり、②攻撃的であり、③実験的でありたい。いま、わたしたちの観客である市民は、重層的な支配の中で生きており、その中で真の人間的な愛と自由をもとめているといえる。いまの、わたしたちの演劇行動は、支配の構造を鋭くあばき出し、現代の愛と自由の多様なあり方をさぐることにむけられる。

台本選択は広い範囲から、戯曲に限らず、詩・散文・記録の舞台化も意図してなされる。いまは、次のような路線を進める。

a　世界の名作のアダプテーション。

b　ブレヒト劇。

c　主として民話を材とした、かたりしばい。

d　演劇による日本近代史。

e　最新劇（時事劇）。
f　俳優の自主的上演。
演出システムの基本は、
a　虚構をよりあらわな形で提出する。
b　時間、空間の拡大と凝縮。
c　ことばと行為のもつ価値観の転移性・多義性の同時表出。
d　新しい形の群衆劇の成立。
e　劇内劇、劇外劇など重層構造の成立。
f　異化と同化を総合する演技の成立。
をめざす。そして、より緊密な時間・空間を再構築することをめざす。また、再上演・長期上演などにより、レパートリーとしての完成度を高めてゆく。
上演は、毎年九月より翌年五月までのシーズン制を基本とし、一定のレパートリーによって、定期・交互・連続・同時上演などの方法による独自のシステムをつくりだす。
4　俳優は自立した表現者であり、生身で観客と出合う人格意志で、その創造目標は、究極的には一個あるいは数個のキャラクターを創り出すことである。いま、わたしたちは、
a　そのキャラクターはつねに変わるもの、変わりうるものであることを認識する。
b　ことばと行為のもつ意味の多義性・重層性をしめす。
c　論理と情緒、異化と同化、拡大と圧縮、異時性と同時性、集中の持続と飛躍などの統合をめ

ざす。

これらを自覚的にとりあつかい習熟することは、新しい演技システムを生みだすことである。また、わたしたちは、小劇場にふさわしい、緊密な演技、アンサンブルの演技をめざす。反面、恣意的な舞台なれした「演技」を排すことを自覚的にする。

わたしたちは、つねに自己の成長をもとめ、高いアンサンブルをめざし、学習と訓練の自発的な新しい規律をつくってゆく。

そして、二〇一一年のいま、ぼくは、それらをにらみつけながら、自分のこれまでのとりくみを、果たせたと思えることと不十分のままに残された課題とを考えあわせる。また、日本の演劇状況の変転と現在の様相とに思いをはせながら、いまここに在る。

作家木下順二の原体験

吉田　一

その一　作家への道を準備した「木下家」の存在

一九二五年、木下順二が小学四年生となった年の五月、彼の一家は長らく居住した東京から、父の郷里である熊本に移り住む。それから、中学校生活五年間、第五高等学校の三年を経て、東京帝大に進学上京するまでの十年余の青春時代をこの地で過ごすことになる。木下の実家をめぐるこの「出自」と、それにかかわって醸成されたと考えられる彼の認識とについて、一九八二年に書かれた木下の著『本郷』を中心として、ところどころの引用をしながら、その経過をたどってみる。

上熊本駅から上り電車で三駅目、そこからバスで三十分ほどの小さな町が、わが家《や》累代の郷里というわけで、菩提寺の光専寺もそこにあった。十九世紀において、私の曾祖父はそこに住む惣庄屋であった。庄屋というのは地方行政官的性格をもつ在地の土豪的農民ということらしいが、それに惣の字がつくのだから相当の格式だったのだろう。

木下家の祖先は、加藤清正といっしょに肥後に入国した刀鍛冶だったといわれる。江戸時代を通して熊本の地にその「土豪的」存在を保った家柄である。

「庄屋」は関西の名称で、関東では「名主」といわれるのだが、組頭・百姓代の上に立つ村方三役の長である。木下が右にいうように、村役人として、年貢納入や村民生活の管理などの責任をとった。「惣」ということばは、中世に農民が村落の利益を守るために庄屋・名主層から選ばれた指導者を中心にした自治組織のことであり、「惣村」「惣中」と呼ばれたことを意味していよう。江戸時代には、幕府や大名による農民統制への組織へと変質し、「惣村」のことばはあまりあらわれてこなくなった。「惣庄屋」とは制度的なものとしては規定されていないが、いくつか、あるいはかなりの数の庄屋たちを統べるものという意味と考えられ、処々でそうした存在があったようだ。昔の「村」は、現在に比べると、集落を中心にした小さな単位が多かったとしても、惣庄屋という存在は、在所において相当な権威と支配力をもつ立場にあったと考えてよい。

引用した文章のあとのところに、木下は、「台地の突端のようなところにあるわが家累代の狭くはない墓地に出ると、突然びっくりするように眼界がひらけた。まず眼の下に広く広く見はるかされる水田、それが地主たる我が家の〝領地〟だが、遥か彼方にその水田が終るところは有明海」と記述している。広大な土地である。その田畑の規模について、彼は見当がつかないといっているが、調査研究を徹底する木下であれば、その数字をどこかで把握しなかったはずはあるまい。意識的にぼやかした、と思われるそのことは、この自分の実家について、「中地主」と何度も規定しながらも、「あるいは大地主の下くらいではなかったかという疑いもなくはない」と付言するのも同じである。「一体小作人が何十人いたのか知らない」という表現も、また同根の意識といえる。

次の祖父はもう少しスケールがひろがって、中江兆民と同じに第一回帝国議会の国会議員に出ている。

平凡社刊の『世界大百科辞典』の記述を参考にして、その帝国議会の経緯と概略を辿ってみる。

第一回議会は、明治二十三（一八九〇）年七月一日の選挙に基づいて、同年の十一月二十九日に開会された。（この選挙はもちろん、「衆議院」であり、皇族・華族と勅任議員による「貴族院」は全く別である。）公選といっても、このとき、選挙資格、また被選挙資格を得るにはともに直接国税十五円以上を納めることが必要だった。その後二度にわたってこの要件の金額は下げられたが、三十数年後の一九二五年に男子普通選挙制が採用されるまで、国税納入による選挙要件は続いた。（女子をふくめた完全選挙制の実現はさらに二十年経った十五年戦争後である。）国会開設のためには自由民権運動がその大きな力となり、議員活動のなかで民主的と思われるような思想や行動が示される場合があっても、帝国議会の「衆議院」は、明治・大正の時代、有産者を代表する機関であった。有権者総数の人口に占める比率は明治二十三年の開設時でみると、一・二四％にすぎなかったとの資料がある。

そうしてみると、木下順二の祖父がこの第一回の国会議員になったということは、熊本の名家・豪農としての社会的存在の大きさを物語っている。
東京で農業技術者としての仕事を果たしていた木下の父が郷里に引き揚げてきたのは、この「木下家」を継ぐためにであった。

熊本市大江町の家、そこで私は小学校四年から五高を出るまでの十年間を送ったわけだが、庭の広さは約千坪あって、庭の中を幅十数メートルの川——白川から分れている用水路で加藤清正が作ったものだと聞かされていた——が貫流していた。私たちが熊本に移った時はまだそこにわが家を建築中だったが、（略）父がかつて何かのことで鴻池の仕事の便宜を計ったことがあったという関係で鴻池が大工を派遣してくれたということだったから、あの職人さんたちは大阪の人だったのだろう。植木屋は、これは今でも名前を覚えているが富さんという江戸っ児の爺さんで、何人かを引き連れて東京から来ていた。庭の中の川に橋を架ける工事の騒ぎを、これも私はよく覚えている。そしてそうやって建てられた家はまた、父と母と姉と私の四人家族だったのにずいぶんと大きく、そして僅か四人家族だったのに、あれは広い家の掃除のために必要だったのか、一時は女中が三人もいた。

広い敷地と大きな家の邸宅である。少し離れた郷里の町には祖先代々の家があり、木下の父弥八郎は青年期までをその家で過ごし、また晩年の七年はそこに住んで生を終えたと記されている。だから、熊本市内にわざわざ新築したこの家は、木下順二や姉の学校その他の条件のため、都会暮らしの長い母にとって必要な場と考えられたのか、そして何よりも、木下家の社会的存在と意識とを支え、示すものであったか。

「鴻池」は大阪の鴻池組のことである。江戸時代初期からの豪商であり、酒の醸造販売から出発し、回船業から両替商として発展し、幕府や諸藩の金穀調達御用を勤めた。明治維新後も大阪財界の重鎮の地位にあったが、古い伝統を重んじたためか、近代的な総合大財閥とはならず、鴻池銀行（のちの三和銀行）の経営などが中心となったようだ。その鴻池が大工や人夫を熊本に派遣してきたのであり、江戸からわざわざやってきたという植木職人たちなどともあわせ、木下の父と木下家の位置付けを感じさせる邸宅建設工事だったのだ。

この住居に関していえば、木下順二がこの『本郷』発表の十年後の著作『あの過ぎ去った日々』のなかに、次のような内容の記述がある。それは一九四〇年の春、彼が熊本連隊入営当日に帰宅という決定になったことにかかわっての表現だ。

兵営から家に帰るとき、木下が着ていた軍服を隊に持ち帰るために、上等兵が二名ついてきた。兵隊社会で上等兵といえば古参の兵士で、新兵たち二等兵にとっては神様のような絶対的な支配力をもつ上官であることは、この時代を描いた戦記や小説を読めば強烈に印象づけられる存在だ。営門を出る時は「お前は」とかいっていばっていた上等兵が、「門構えが大きかった」木下の家に近づいてくると態度が変化してきて、玄関で兵隊服を受け取ると、「私と私の父にはっと、ほとんど九〇度のお辞儀をして帰って行った」という表現がある。「彼らは恐らく、貧しい小作人の息子たちではなかったか」と木下はそれにつけ加えている。

小作人の存在と実態、彼らの地主木下家とのかかわり、それに対する自分の感覚とそこから生起してくる意識などについて、木下順二は具体的に何か所かの詳しい記述を行なっているが、そのなかから一つの事例を引用する。

（略）以下の話は中学三年の晩夏のことだったことがはっきりしているのだが、私たち四人は、つまり父と母と姉と私は、私たちの〝領地〟に出かけていって非常に歓待された。御馳走やら何やら、様々な歓迎行事の記憶がすっかりかすれてしまっている中で一つだけ鮮やかに眼に残っているのは、たんぼの真中に組まれた高い桟敷のまわりに紅白の幕が張りめぐらされ、、その桟敷の上に私たち四人が坐っている光景である。

桟敷の前には大きな池があり、その向うにはたんぼが広々とひろがって、そのずっと向うには有明海があり、その海岸線にはずうっと高い堤防、それを土地では塘《とも》と呼んでいたが、それがまさにたんぼを守るという姿で続いていた。

（中略）

いま、紅白の幕を張りめぐらした桟敷の前にある大きな池も、何年か前の〝潮かぶり〟の時にこのあたり一面を洗って去った海の水が、池などあるはずのないたんぼの真中に残して行ったいわば爪跡である。

白い六尺褌を締めた小作人の青年たちがどぼんどぼんと飛び込んで、暫くして浮き上ってくると、もう手には魚をつかまえていた。池には真水も流れこんでいるので、海の魚と淡水魚の両方がとれるのだということだったが、中には両手で魚を掴んだ上に、もう一尾口に咥えて浮き上る青年もいた。立泳ぎをしながら手にした魚を振りたててみせるのもいた。

なにごとであるかというと、つまり地主様御一家の〝御前〟でそういう演技を〝御覧に入れる〟という仕掛なのであった。

子供心に、それが何ともいやであった――というより、これもその時すぐそう意識したわけではなかったように思う。翌日学校で、（略）この話をしたら、「やっぱ主《ぬし》が家《え》は良か家《いえ》だけん」と、羨望と反感のまじったような調子でいわれたとき、そういわれて〝得意〟という気持の裏に、〝何ともいや〟という感情がすうっと流れたのを思いだす。

こうしたいくつかの体験（記述されていないものをあわせれば数えられないほど多かったのかもしれないが）は、木下の心に、「いやなこと」という感情を次々に味わわせていった。父に対する小作人の卑屈な態度と父の彼らへの主人としての応対、また小作米納入の際に米の等級を決める検査官の行動とその結果をおどおどして見守る小作人の表情などなどが、少年木下の心にかげりをつくっていく。

そうした蓄積が、彼の重大な態度選択に導いていく大きな出来事に連動していく。そのとき、木下は中学四年生となっていた。

それに関しては、彼の出生と単純とはいえない家族構成についてどうしても触れておかなくてはならない。

木下順二の父と母はいずれも再婚である。母三愛子《え》は、戦国時代の武将である佐々成政の子孫であり、尾張藩京都留守居役佐々政直の娘だが、江戸文学の研究者となった兄佐々醒雪が、東京帝大を卒業して仙台の第二高等学校に赴任した翌年に、十九歳の妹を仙台に呼び寄せて、友人で自分と同時に二高の教員となった西洋史学者不破信一郎と結婚させた。その間に男子が生まれたが、彼は木下順二にとっての「長兄」不破武夫である。

この長兄の側からみると、十三歳で父が病死、十五の年に母が木下の父と再婚し、彼の二十代後半に熊本に移り住んでしまう母とは、その後直接のかかわりをもつことがあまりなくなったようだ。(不破武夫の経歴をいえば、司法官補から判事となり、その後、朝鮮の京城大学・九州大学の教授、のちに学習院の次長ともなったが、戦後の二年目四十八歳で亡くなったとある)

一方、木下の父弥八郎は、農業技術者であるが、姦通事件を起こしたという妻と離別した後、木下の母と再婚した。この父母の間に誕生したのが木下順二である。父方には「長男」、木下からいえば「次兄」となる国助と四人の娘たちがすでにいた。この次兄は先妻の生んだ唯一人の男の子であって、したがって、木下順二は、木下家の次男である。

そして、「大きな出来事」というのは、この次兄が死去したことである。国助は東京三鷹の天文台に勤めていた天文学者であったが、まだ三十歳の若さの死であった。木下家の長男が亡くなった以上、中学四年生になっていた木下が家を継ぐ立場となったことをそれは意味する。

このとき、木下順二は、自分が相続者となることを拒否したのである。当時の社会常識からいえば考えられない決断を少年木下は果たした。

ある日母が、私に跡を継がせるという父の当然の意嚮を、「お父様はこういうふうにお考えだが、いいね」というふうないいかたで私に念を押した。それに対して、それはいやなのですという、母にとっても全く予期されていなかった私の気持をともかくものみこんでもらうまでには、幾日かの間を置いた何回かの押問答が必要であった。

父は——父にとってのショックは、当時の私が考えていたものよりずっと大きかっただろうということを今になって改めて思うが——ひとこともその問題について私に切り出さなかった。父が切り出さない以上、私の方から話を持ち出すことなど、到底私にできるわけがなかった。

ずいぶん経ってからのある日、一度だけ父が、突然にだったが、相続の意志はないのだな、と、いつもの穏やかな調子でしかも簡潔に私に確かめた。私は、私も、さまざまな思いを簡潔なことばに籠めざるを得ない気持に自然に追い込まれたといっていいだろう。「申し訳ありませんが」とだけ、たぶん答えたと思う。

この経過についての内容は『本郷』のなかで何ページかにわたって触れられている。次兄が生前、地主の後継者になることにおそらく抵抗感を抱いていただろうとの思いが彼に大きな影響を与えていたことがおさえた表現で語られる。また、戦後、小作農を廃絶する農地改革が進行している時代に、木下が父にあの時の自分の気持ちを語って詫びたことなどもその文章のなかで表現されている。

それらの叙述を通して、その当時の心情と葛藤を、また、半世紀余経って『本郷』を執筆している時点での木下の知的に整理された認識とを合わせていくらかは理解することができる。しかし、そのことをあれこれ推測するよりも、わたしが受けとめるのは木下が選択したその決断である。戦後の「民主主義」を唱える時代であればともかく、昭和初期、封建思想のきわめて強い熊本の地で、中学四年生の少年が採った行為の重さである。それはおそらく、木下の主観的な意識や存在を超えてしまっている問題だったといえるし、だからこそ、彼のその後の生きかたのなかで、心の内部で反芻をくり返し続けた内容でもあった。

結果として、木下家の後継者は、次兄死去の八日後に生まれた女の子となったことを、木下は、間接的に母の口から聞く。

こうした「決断」は木下にとってそれから何回もあったと思われる。それらのなかで、家の後継者拒否と同質あるいはより切実な選択として軍隊入営時の行動があるのだが、それは後に述べよう。ここでは、彼の「出自」、「木下家」から醸成された意識の延長線上に必然的に生み出されていく自分の在りかた、そしてその後ドラマチストとして歩んでいく要素となったと考えられる問題に話を進めたい。

まずは、中学から高校へと成長していくなかで、自らの進路をどのように定めていったかである。

次兄が亡くなった、木下が中学四年生のとき、彼は第五高等学校を受験したが失敗、翌年五年生卒業を経て、入学を果たした。落第と家の相続者になる問題とは関わりがあったのではないかと思われるが、それは想像でしかない。

中学五年生の秋に、木下は洗礼を受けてキリスト教の信者となっているのだが、夏、教会のメンバーと海岸でキャンプを行なったとき、牧師が「もう、いいだろう」と彼に呼びかけたことがそのふんぎりをつけさせたという。木下はその牧師のことばの文脈を、「木下君は教会へ来だしてからもう一年半だ。ずっとまじめに教会に奉仕してきた、信仰もずいぶん深まって来た。だからそろそろ洗礼を受けても、もう、いいだろう」と理解し、それをすんなり受け入れたのである。この表現をたどれば、木下順二は中学四年生の初めころから教会通いをはじめたということになり、次兄が亡くなる時節に近接していることが理解される。何故に木下はキリスト教に接近したのか、彼の心にどのような必然性が存在したのか。「それは自分の内側からの何かの欲求、希求に基く行為ではなかった」と『本郷』には記述されているが、果たしてそうか。青年期に入ろうとする多感な時期に、その選択にはかなり思いつめた志向がこめられていたのは当然といってよい。おそらく、相続ということとは直接的に結びつかなくとも、木下家の生活のすべてに漂い、感覚に付加される地主旧家の雰囲気からなんとか離れたいとする心情が、キリスト教会へと向かう意識をつくっていたであろうし、また、結核で死去する次兄の症状がそのころの木下の心に暗い蔭を、それ以前からすでに落としていたことがいえるとも思われる。

いずれにしても、熊本と木下家という環境のなかで成長し、そこで青年期に入っていったかれの心を支えるはたらきを教会はもったといえよう。そして、このときにキリスト教の洗礼をうけたことは、その時期だけでなく、その後の木下の在りかたにとって大きな影響を与えたいくつかの事柄につながっていく。

木下受洗の三年後、母が洗礼を受けている。「一九三五年四月二十一日復活節に」と死ぬまで読んでいた聖書の表紙裏に彼女が書きつけていたことを『本郷』のなかに記しているのだが、母は、木下にも夫にも黙ったまま入信したのだ。母がクリスチャンになった理由を木下は彼女から何も聞いていない。彼が確信的に推測するのは、「比較的自由な空気を吸って暮して来た一人の女性が、縁もゆかりもなかった肥後の熊本の、強固に構築された地主一族の中に、それも当主の後妻としていわば真唯中へ、乗り込まされてしまったということに基因する何か」という点だ。

それは、木下順二にとって、自分が家督を継ぐことを拒否した行為と同じ質で結びついているはずだ。推測が果たして事実かどうかはともかく、母の決断と行為を自分のその意識と重ねたのである。逆に母も木下の入信を自分のそれにつなげたのかもしれない。そうした互いの理解もあわせて、母三愛子は、木下に大きな意味を与え続けた存在であった。

木下は、この母と父との間に生まれた唯一の子である。そしてこの母子のつながりは、敗戦から五年、父が死去してのち、母が帰京して東京での生活を過ごすことでさらに強まった。彼女が亡くなったのは一九七二年九十三歳だから、晩年のかなりの年月を息子順二とともに暮らしたことになる。ちなみにいえば母の死の年木下はすでに五十八歳のはずだ。

彼と母の強い結びつきについて、キリスト教入信以外に、木下自身が語っている、いくつかの事柄を挙げておきたい。

そういう地主一族の一種独特の行動様式や思想様式、複雑微妙な人間関係の中で母のぶつかった困難、苦痛、不愉快について、わたしは一度母に質問したことがあった。そうしたらその時の彼女は、彼女としては珍しく不快さをあらわにして、「もう忘れちまったよ、そんなこと」といった。私はそれ以後、その種の質問を一切しないことにした。——つけ加えて私自身のことをいうと、母のそういう思いについての私なりの解釈、プラスこれまでに語って来た私の〝家〟体験の結果、〝家〟（イエまたはケ）という観念と実体とに私は強い嫌悪を感じる。

熊本における「木下家」の暮らしについて、その感覚的受けとめ、認識の蓄積、生活への評価を、母と共有している、あるいは、母のそれと重ね合わせたいとする木下順二の意識がそこに存在しているといってよい。

右の引用表現に続いて、彼が自身の処女作であった『風浪』を改作していく過程で、母の存在を、一人の登場人物の置かれた立場に設定し、具体的な描写の中に籠めたことが記述されている。「山田誠《せい》」という女性がそれである。当主蚕軒の後妻である彼女は、夫の母だけでなく夫の亡兄の妻、先妻の息子夫婦さらに蚕軒の妾もここに同居し、彼らに対してのさまざまな配慮を否応なく果たしながら、また彼らから圧力も加えられつつ家庭を保っていく存在である。作者木下は、この「お誠さん」に、自分の娘の美津に対することばとして、「よかたいよかたい美津つァん、わたしやこの家の雑巾……そのつもりでおっとだけん……」と語らせている。

作家木下順二にとって、母の存在は親子として日常的な意識世界でのかかわりだけでなく、創作内容の次元にまで発展させていく条件となっていったことを、理解しておきたい。
そしてもうひとつ、一九九七年八月十八日から二十一日までの四日間「朝日新聞」に連載した「木下順二の世界」というインタビュー記事のなかに、次のような内容が表現されていることに、私は注目した。

一九七二年に九十三歳で見送ったおふくろも、めんどうくさいことをやめて静かに死にたいといっていた。おふくろの骨はまだ手元にあるので、いっしょに海か川に流してもらいたい。ぼくは実質的に長男ですけど、墓を守る必要を感じない。前に墓に入った人は静かに眠っているのだから、その人にまかせて、ぼくと母とで静かに流れていっちまったらいいと思う。

これは、木下が「葬送の自由をすすめる会」に入会したことがインタビューでの話題となってのことばなのだが、母が死去してからすでに四半世紀経っても、「おふくろの骨はまだ手元にあるので、一緒に海か川に流してもらいたい」としている木下の意識が、私には大変重いものとして感じられるのだ。
そして木下のその思いは、母が死去した時点ですでにあったことを私は知る。（一九七六年十月二十五日、パリで森有正が荼毘に付された日に）と記されている「森有正よ」という追悼の文章のなかに、それはある。何度か書きなおしている木下自身の遺言書に「母の骨をガンジス河に流したい」の思いのことばがあることと、それを森にすでに語ってあったようすが記述されている。

地主「木下家」とのかかわりについても、キリスト教への入信についても、その根底のところで、母と自分とを同質のものとして受容しようとする木下がいる。だが、それを、「マザー・コンプレックス」という、きわめて一般的な概念で理解するのは一面的な誤りとなるであろう。むしろ同志的な人間としての受けとめが彼にはあったのではないか。もちろん、三愛子が「母親」「女性」として木下を包みこむ存在であったことは否定すべくもない。

母に対する木下の深い思い入れは、同性の友人森有正にも同じようなあらわれかたをしている、とわたしには感じられる。右にも記した、母の遺骨の処理に関しての、森とのかかわりと彼の反応について、木下は次のように書いている。

（略）歩きながら森有正のことを思おうとしたけれど、気持が惑乱だか散乱だかしていてどうしても実感が湧いてこない。気がついてみたら、ああ死んだ、死んだと口の中で独り言をいっていた。（中略）とにかく彼は一度も、ひとこともそのことについての意見をいわなかった。（私も聞きはしなかった。）ただ、インドで会おうということは、確実に、何度も、最後の最後に別れる時にもいってくれた。それは森有正の限りないやさしさだったのだと、惑乱し散乱する気持の中で私は強く感じていた。

「森有正よ」は、知性的認識や感情的心情を超えた、あるいはそのすべてを包含した「情念」の発露の文章だといえる。森との人としてのかかわりは、それだけ深かったのだ。母三愛子とのかかわりにもそうした思いが動いていることを感じる。

さらにいえば、その二人よりも深く、そして木下の生きかたに決定的な影響を与えたのは、女優山本安英との結びつきである。

大学に入学する前、熊本五高の時代に木下が異性に対する恋心を抱いたことが『本郷』のなかで回想されている。一つは、教会でいくらかのつきあいのあったSさんのこと。三年生のとき、メソジスト教会全国集会で上京した木下が、彼女に一年ぶりに会えるのではないかとひそかに期待した経験である。『三四郎』の美禰子と重ねた思いと、結婚した彼女が死んだという話を聞いたというエピソードが表現される。もうひとつは次兄国助の妻で未亡人となった義姉咲子に、おそらく「哀れ」の感情から発展して心ひかれた体験がある。木下は「嫂《あによめ》」という短編小説を創作して、その作品を高校の文芸部委員梅崎春生に提出している。

いずれも淡い恋情というもので現実性に乏しいものだったといえるが、具体性をもった出来事としては、大学卒業の後、両親が勧めた婚姻話がある。木下の甥不破敬一郎（母三愛子の初婚時に生んだ男子、木下順二が「長兄」と呼ぶ不破武夫の息子）が、岩波書店発行の小冊子「図書」に二〇〇九年載せた「木下順二と山本安英」の文章には、次の記述がある。

大学卒業直後の木下順二の身の上に今度は両親が定めた結婚話が起ってきた。それは旧家の跡つぎの話と同様に当然のなりゆきであった。しかしその時は既に順二の心の中には山本安英が、それは結婚の相手としてではなく、むしろそれ以上の対象として強く存在していた。両親がもち出した話に対して、応えは素気なく「否」であった。山本安英の話を知った母三愛子の驚きと悲しみは、十年前の跡つぎ拒否の時よりも数段大きかった。筆者は朝起きた祖母が、突然に、

「順のことで何か心配のことがあった！」

と頭をかかえて口にするのを聞いた。筆者の父が中に入って両方のいわゆる説得役を果していた。結果は前回と同様に、祖父の「しかたなかたい」の一言であった。

木下順二は筆者にとって、叔父という以上に極めて近しい人間であった。山本安英も同様である。二人とも稀にみるすぐれた人間であった。女性が八歳年上であったためもあり、より以上に思い込んだのは男の方であり、それは最後まで続いたのであろう。安英さんは強い意志を持った真の俳優であり、順二が現れた後も変らずに極めて冷静な生涯を送った。いわゆるプラトニックな愛情関係であった。しかも演劇というお互いの共通点を通して、深い交流があった点が、通常と異った深い結びつきを生んだ。

筆者が木下順二と山本安英そろった両名に最後に会ったのは安英さんが亡くなる平成五年十月の半年前のことである。場所は伊豆湯ヶ島の白壁荘の夕食会の席であった。白壁荘は作家の宇田博司氏が建てた温泉宿で、「夕鶴」と名づける部屋もあり、順二叔父も吾々夫婦もしばしばおとずれた。安英さんはお元気そうに見えた。お酒もかなり回っていたが、どういう切っ掛けか、立ち上がった

安英さんを筆者がハグ（hug）した。外国ではよくやるあいさつで、日本語で抱擁というのは当たらない。安英さんは少し驚いたが、やさしく筆者を抱き返した。驚いたのは、順二叔父が大きな声で「君、君！　奥さんが居るんだよ！」と叫んだことである。筆者の家内は全く気にしないで笑っていた。安英さんがかなり痩せているのが気になったが、それよりも順二叔父の発声が真面目なものであったので、二人の間は、たしかに始めから終りまで文字通り純粋にプラトニックなものであったのだとその時確信した。

木下が一生結婚せずに独身で通した理由をこの「愛」に求めるのはどうかと思うが、とにかく母親三愛子と女優山本安英の存在が彼の意識に大きな影響を与えたことは確かである。この二人の女性は、木下順二の生きかただけではなく、創作のための力ともなり、そして作品に登場する女性の形象表現にもかかわっていったと感じられる。

木下順二が山本安英の知遇を得たのは、彼の大学入学後の宿舎東大ＹＭＣＡが毎年クリスマスに催す芝居に、山本が指導にきてくれたことによるのだが、そのために木下とＹＭＣＡとの因縁を若干説明しておかねばならない。それは木下のキリスト教入信がその道をつくったのである。高校三年の夏に、熊本メソジスト教会の代表として全国集会に出席のため上京したとき、その宿舎となったのが本郷通りにあった東大ＹＭＣＡだった。「東京大学学生基督教青年会館」が正式名称である。教会関係のだれかの紹介だったようで、その時は、大学に入ったらここに住もうなどと考えていたわけではなかった。しかし、この年の秋、入館への勧誘が五高にまでやってきて、そのすすめに従い、一九三六年の大学入学とともに、ここが木下の住居となる。

さらにいえば、木下は、この東大ＹＭＣＡ宿舎に、大学卒業後も非合法的に住み続け、十七年間も過ごすのである。同じく住み続けていたフランス文学者森有正との交友が結ばれ、彼の研究そして創作活動はここを拠点としてはじまるのだ。演劇の世界との具体的なかかわりは、この場所において現実化された。彼が大学入学の年のクリスマス、ＹＭＣＡホールでの恒例の芝居で木下は幕引きをやった。だしものはロマン・ロラン作『愛と死との戯れ』。ところで、先輩が劇の指南役として新築地劇団の山本安英をひっぱってきたのだ。少し前に、彼女が主演する山本有三作『女人哀詞（唐人お吉物語）』を観る機会があって、山本の演技に強い感動を受けた木下である。役者としての素晴らしさと重なって女性の魅力にとらえられたといってよいのかもしれない。その女優を目の前にしたのだ。それから毎年、彼はＹＭの芝居にかかわっていき、指導し続けてくれた山本との親交を厚くしていくことになる。友人と連れあって、山本宅を何度も訪問するようにもなる。

今から考えれば少し異常な気がするほど、みんながこの演劇に対して純粋に真剣であったのは、やはりわれわれを押し包んでいた重苦しい時代的状況との関係のせいだったのだろう。（略）強い集中度がそこにはあり、そして毎年必ず指導に来てくれたのがその頃は胸を病んでいた山本安英さんであった。毎晩おそくまで稽古をつけてくれ、本番の日は、当時そろそろ品不足になりかけていた御自分のドーランを持って来て、毎年楽屋ときまっていた二階村の図書室で、みんなの顔をつくってくれた。私が戯曲を書く人間になってしまったこともこのことと関係がある（略）。

「東大ＹＭＣＡとの第一章」（一九六七年二月「東大学生キリスト教青年会会報56」——講談社文芸文庫『歴史について』所収——）という文章で、木下はこう語るのだ。山本安英との邂逅は戯曲作家木下の成立にとって大きな役割を果たすものとなる。事実、戯曲を書こうという思いが木下の心に生まれたとき、彼は山本に相談して、彼女のはげましを受けている。それは彼にとってそのエネルギーを加速させることになった。卒業後の徴兵検査で乙種合格となり入営必至になったことが創作への切実さを必然的なものとした。こうして木下の戯曲第一作品『風浪』初稿が誕生したのである。

さらに、東大ＹＭＣＡと木下との相関は、戦後になって、演劇とのかかわりをさらにすすめるものとなっていった。

木下が山本安英と演出家岡倉士朗とともに関係した俳優集団「ぶどうの会」は解散するまでの活動期間の大部分をここに事務所を置き、ホールを稽古場として使用した。また、木下順二とのかかわりが深かった出版社「未來社」は、発足時の五十年代初の数年、本拠をここにおいて活動したのである。さらに、「ぶどうの会」解散後に設立された「山本安英の会」による「ことばの勉強会」は、ＹＭのチャペルでスタートし、この建物がとりこわされる七二年十一月まで五十七回の集まりをここで継続して行われた。

こうしてみると、木下が中学時に教会の洗礼を受けたという出来事は、入信自体よりも東大ＹＭＣ

Aでの十七年間の生活につらなり、この地点から木下順二という作家を生み出す内的、外的な条件となり、創造活動の深まりを用意していったことを、われわれは知るのである。

木下順二が、戯曲作家の歩みを選択したこと、演劇世界とのかかわりを具体化したことの主因が、YMCAでの経験、山本安英とのめぐりあいにあったことは確かだろうが、そこにすべてを求めることはできない。その立場に近づいていく素因は、実は、それ以前から徐々に蓄積されていったものだ。わたしは、もう一度、熊本時代の木下に立ち戻っていかねばならない。

熊本中学の四年生から五年生にかけて、木下は小泉八雲（ラフカディオ・ハーン）の研究にとりくんでいた。一八九一（明治二十四）年から九四年にかけて、第五高等学校の教師として熊本に滞在した八雲について、その時代の事蹟の調査にとりくみ、五年次のとき、学校の校友会誌に「ラフカディオ・ハーン研究」として発表している。そのとりくみは高校に入ってからも続き、二年生のときに、「小泉八雲先生と五高」のタイトルで地方新聞に十回にわたって文章を連載したと記録にある。綿密な調査と粘り続ける持続力は木下の資質ともいえ、おそらくは、こうした具体的な体験がその後のとりくみの土台となったといえよう。「研究」への執着は少年時から現実のものとしてあったのだ。

この志向について、わたしは次のことを考える。かれが、「木下家」の存在と血脈のもつ力に影響を受けながら成長したことと、そこからの脱却を願望して自らの道を発掘しようとしたこととの両面の力がそこにはたらいたことだ。

木下一族の男子すべては科学の研究者または研究的な実践者である。父弥八郎は農学部出身の農業技術者であるが、彼の長兄木下広次は京都大学の初代総長で第一高等学校長の経歴を持ち、二人の弟（木下にとっての叔父になるが）は、上の季吉が物理学者、下の熊雄は動物学者である。季吉はイギリスでラザフォード、ドイツではシュタルクについて学び、日本では新進学徒として注目された人物で、学士院の恩賜賞をとった、と木下は語っている。熊雄もすぐれた成果をあげた人であり、この二人とも「エンサイクロピーディア・ブリタニカ（世界でもっとも有名な大百科辞典だ）」に名前が載ったようだ。さらに、先述したように木下の次兄つまり木下家の長男国助は、天文学者であり、木下が中学四年のとき三十歳で死去したが、そのとき東京三鷹の天文台に研究の場をもっていた。この一族はいずれも東京帝国大学出身であり、その学歴の上に立って各自の研究活動をすすめるのを当然のこととして生活していた。

木下順二は、父を先導者として、これらの人たちに囲まれ、かかわりをもって、生まれ、育ち、自己意識を形成した。身内の人たちが示した「研究」的志向は、自然と彼の中に胚胎していったのは当たり前のことといえる。しかしそのことは同時に、木下家に醸成されている科学研究への引力に抗して、そこから脱却しようとする意識をつくることにもなったのではないか。

ちなみにいえば、母方の人脈をみると、母の兄つまり木下の伯父は江戸文学研究者佐々醒雪であり、同母の長兄不破武夫は司法から大学教授の道を歩き、母の初婚の相手、武夫の父信一郎は西洋史学者であった。「木下家」の一族が自然科学者であるのに対して、母系の身内は人文学者が多いということになる（武夫の息子、木下の甥になる敬一郎は化学者なのだが）。木下の進路の決定を、父・母それぞれとのつながりから類推するのは想像の域に入ってしまうのだろうが、木下の意識にこのことはどうはたらいていたのであろうか。

中学四年次からはじまり高校時にまで継続されたラフカディオ・ハーンの調査のとりくみは、研究といっても自然科学とは別のベクトルをもつ、人間そのものを対象とする研究である。英国文学の研究者になるという志望は中学五年次には明確なものとなっていったようだ。そうした木下の気持の動きは、兄の死去による木下家相続の問題とほぼ時を同じくして始まったといえるようで、「家」の支配力と自然科学への傾斜を示す伝統的な環境から独立しようとする志向があらわれたのではないか。高等学校で彼のうちこんだ部活動が「馬術」であったことは、その方向を自ら納得させる選択であったとも考えられる。

既述したように、いわゆる「研究」ということへの関心は中学時からのもので、木下の資質的な特徴となっていたが、研究者としての道は、東大文学部英文学科への進学を定めることによって最終的に確定した。その希望は、はやくも中学生のとき斎藤勇著の『英文学史』を読んだことに影響を受けたということが木下自身によって語られているが、「演劇」を研究するという志向はそのときにきめられたことではあるまい。大学入学後、卒業論文テーマは「英国演劇における道化の歴史」とされ、対象は文学一般ではなく演劇に設定された。ＹＭＣＡでの体験が大きく作用したはずである。

さらにもう一つの条件として、研究というスタンスではないが、高校時代に、芝居の世界とくに歌舞伎への興味が動いていたことがある。伝統演劇についての書を読みあさっていたようで、濱村米蔵の『簡易なる日本国劇史』（大正十五年新潮社発行）もその中で大きな位置を占めていた。この著作は昭和四十五年に演劇出版社から『日本演劇略史』として復刻されたので、われわれもそれによって木下が青年時の経験したことを後追いすることができる。まさに簡易な通史なのだが、大部分のページが歌舞伎に与えられ、代表的な作者や役者についても初心者の興味をひく叙述がとられている。熊本時代の、書物を通しての歌舞伎への近づきは、大学入学後、「淫する」と自己表現するほどの歌舞伎小屋通いとして実現されるのだが、「ノートと鉛筆を手にして」足を運んだ姿には、単なる観客の次元にとどまらない木下のありようを感じさせずにおかない。演劇史研究にも共通する対象への迫りかたがそこにも示されている。

その両者、歌舞伎と近代劇研究とのかかわりを、一九五三年の時点で、木下はこう発言している。

当時もちろんぼくは一応近代劇の勉強をしていた。まだ創作することは全然考えず、「学問として」やっていたわけだが、とにかく近代劇の歴史を勉強していた。

そのことと、あのように歌舞伎に陶酔していたことが、ぼくの中でどのように統一されていたかという点をふりかえって考えてみるに、そこのところは少々あいまいである。むしろ二つのものを、それぞれ別に鑑賞していたということであったのだろう。そして確かなことは、近代劇がだんだんぼくの中に深くはいってくるにつれて、歌舞伎がだんだんぼくの中から出て行ったということだ。

（「歌舞伎への関心」、一九五三年「草月」――未來社刊『演劇の伝統と民話』所収）

プロセスはそのとおりなのだ、と思う。ただ、木下が感受していた歌舞伎の芝居の魅力が彼の内からすべて消えていってしまった、とはとうてい考えられない。処女作『風浪』の場面構成や佐山健次のせりふまわしに、またその後の多くの作品においても同様に、そして『子午線の祀り』には伝統劇・歌舞伎とのかかわりが意識的に果たされている。木下の青年時の創造意識は、執念深く持続していくのだ。

もちろん、作劇、ドラマトゥルギーの問題として意識化されていくものは近代劇研究の力が主軸であるのは当然のことである。だが、中学時からの人間についての研究のとりくみ、歌舞伎への関心と接近、学者として演劇史への研究の志向などの実践の積み重ねがあってこそ、前述したように東大YMCAでの上演体験と山本安英との邂逅が「劇作」への道を歩かせる決定的な力となったのだ。

戯曲作家木下が処女作『風浪』から最後の作品となった『巨匠』まで一貫して追い続けたテーマあるいはモチーフといってよいものに、「知識人」と「民衆」の課題がある。それにことばをつけたしていえば、〈民衆のとらえかた、その存在についての評価〉であり、〈知識人と民衆相互のかかわりをもった生きかたの模索〉である。いわゆる民話劇では、民衆が登場人物の主軸となることは当然であり、ドラマ作品の多くに知識人階層が描かれているのだが、作劇の課題にはどちらも他者のありようがどこかに意識されている。

それは、作品を形づくっていく作者にとって不可欠の視点といえるわけだが、同時に木下順二が自分の人間としての存在について確認し続けようとする根源的な課題と考えてよい。そして、その問いかけを生みだした土台に、木下の誕生以降の成長過程で自己の性格、資質、意識を形成していった「木下家」の社会的位置付けと人的環境があったと考える。

時代思潮との関係もあるが、木下には、自分の出自と意識とにかかわって、民衆または労働者に対するコンプレックスの感覚と自覚があったかもしれない。しかし、それを認めた上でいうのだが、彼は、自分を囲む社会的・人的環境をマイナス的にみていたかというと、決してそうではなかったといえる。その条件のなかで形成された自分の意識に自信をもち、自分の持つ資質を生きる支えとしたとも考えられる。そのはたらきを具体的にいえば、知識人のもつ弱点を絶えず見つめながら、知識人とはどのような人間でなくてはならないか、時代と歴史とに対するその使命は何かを追求する課題を自分に与えたということでもある。知識を売りものにして世を渡るカッコつきの知識人でなく、現実や歴史そして民衆と前向きに向きあう人間であろうとする木下順二がそこにあり、そのことをわたしはなによりも評価したいのだ。

その点で、木下家とのかかわりを現実に役立てた事例を一つだけあげておく。

彼が『風浪』を書くときに、参考資料の役目を大きく果たしたのは、惣庄屋だった曾祖父が、一八二八年から八五年まで、年号でいえば文政十一年から明治十八年ということになるが、二十五歳から八十二歳まで欠かさず付け続けた日記五十八冊と、その間の政治的事件を記録した部厚な一冊の記録だった。佐山健次と青年たちをとりまく歴史的・同時代的状況は、まさに「知識人」としての曾祖父の体験と見聞とによって支えられ、木下に受け継がれたのである。

木下順二と「知識人」との問題に関して、一人の人物をここであげておきたい。それは中江兆民の子息である中江丑吉である。木下は、中江丑吉のことを「今世紀に生きた日本人のなかで最も魅力的な人間の一人」と述べ、また、「巨大な人物」「人間の力を超えるある高いものと対峙し、その対峙が生み出す強烈な緊張をほぼ二十年間自分の中に維持し続けてその生涯を終った人」だと語る。
人間存在そのものとしても、ドラマというものとの関連においても気になり続ける人だ、と木下は考えている。木下自身のありかたとドラマ創作とにとって、理想、というより一つの基準、拠りどころだといってよいだろうか。

では、中江丑吉という人はどういう人なのか。木下は、いくつかの論述で彼について触れており、とくに『ドラマとの対話』（一九六八年、講談社刊）での「どこにドラマは成り立つか」の全文二十ページ以上を用いて詳述している。それに従って、中江丑吉を簡単に紹介しておく。

彼は、後半生の二十年、中国北京で暮らし、敗戦二年前一九四三年にその地で没した。学問の著述としては、戦後一九五〇年に刊行された『中国古代政治思想』の一冊と数篇の論文だけのようで、後に六〇年に出された諸家による追悼集と六四年刊の書簡集が遺されている。木下は、この追悼文と書簡を読んで、深い感銘を受けた。中江丑吉は在中国の二十年（日本に在ったときもそうだったようだが）表面にあらわれる劇的な行動は一切とらず、丹念な研究を続け、外部では知友の人たちと語らい、自分の見解を手紙の形で遺しただけにすぎないようである。

というだけでは、中江という人について具体的に知ることはできない。そこで、「どこにドラマは成り立つか」の文章（原典は、「中江丑吉のこと」2、「群像」一九六七年三〜四月）から、その思考と生きかたとをうかがえる二か所ほどを引用する。

（略）例えば一九三八年に彼は、「日本はあたかもチフス菌に罹ったようなもので、ある程度高熱が進昂してから後でなければいま何をやっても無駄であると語り」、日本の破滅までは「いわば『病理学者』の立場を取るほかないと判断」する。「狸が機関車にぶつかる」にひとしい行為をやろうとする「この軍部という奴が負けてふみにじられて嫌というほどゴーカンされる図を、生きて見てやる」つもりだが、「しかしその時はわれわれ国民も全部ゴーカンされるんだ」。独伊と軍事同盟を結んだその手で米と握手しようというのは「牡牛から乳を搾ろうとするに等しい」行為で、そして「終戦後の天皇は帽子《シャッポ》になる」。

あの何か非常に大きなもの、人間の力を超えるある高いものに対峙する気力と、そこから生まれる強烈な緊張を維持する粘着力とを中江丑吉の中につくりだした根拠の一つは、このように絶望的に情熱的な現代批判と時代的洞察であったのだと考えられる。

（略）加藤惟孝の語っていることだが、彼の勤務先の学校で、朝礼、軍人勅諭、国民服、皇国経済学というようなことが強制されだし、それを彼はできるだけサボっているというのに対して中江丑吉は、「だから日本のインテリみたいなのは沈痛悲壮になって来るんだ」と一喝して、「大衆《マッセ》は二つか三つどうしても守ることを決めておいて、あとは出来るだけ普通にやるんだ。そうしないと弱くなる」といった。例えば戦地で捕虜を殺せと命じられたら、城壁に東亜新秩序のビラを貼れといわれたら、皇国経済学の講義をしろといわれたらそれらは断われ。あとは朝礼でもお題目でも国民服でも、みんなこっちから従ってしまえ。そしてこの「二つか三つ」は一人々々の事情によって異り、Aにとって絶対避けるべきことをBはむしろやってもいいという場合さえ出てくるが、しかしその二つか三つがきめられたらそれらは守られねばならず、それが侵されたときは気持よく迫害を受けることができる五分の魂を持て。

木下順二は、中江丑吉を高く評価し、彼の在りように心をとらえられた。しかし、木下は、中江を手本にし、自分もそうあろうとしたか、といえばそれは異なっている。木下は、多くの劇作とさまざまな論述を著すことで生涯を貫ぬいた。社会的な実践あるいはそれに結びつく主張をそのなかで果し続けたのである。それだけに、「どこにドラマは成り立つのか」の論考から理解できることは、前述したように、知識人の一つの典型をそこに見たこと、木下が自分の存在とドラマの本質とについて中江丑吉のありかたを心の支えにしたこと、歴史と現実と人間とドラマとのかかわりをそこから見つめようとしたことである。

この稿の終わりに、もうひとつ問題にしなくてはいけないことは、木下の自伝的随想『本郷』は、彼の出自や木下家の人々の存在、青春を送った熊本時代の出来事と回想とを詳述しているが、それ以上に、東京の本郷の地を熊本以上にふるさと視して細かく丹念に書きつづっていることである。

東京に生まれた人間、とくに昭和十年代、敗戦までの東京を知っているものにとって、「本郷」は独特の印象を与える土地であった。そこは江戸の街を受けつぐ旧東京市のなかで「山の手」をもっとも代表するといえる区であり、その伝統を江戸時代からずっと保っていた処だった。権力者や資産家などの大邸宅が存在する地区ではなく、いわば「教養人」の多くが住んでいた街だったといってよい。

「東京帝大」がかなりの土地を占めていたという条件もある。したがって、「麹町」「牛込」「四谷」「小石川」「麻布」「芝」「赤坂」という、山の手に属すると思われるそれぞれの区ともいくらか異なった響きをもっており、商業地といえる下町、「神田」「日本橋」「京橋」「下谷」「浅草」「向島」「本所」「深川」などとははっきり違った印象を与える住宅地だった。ちなみにいえば、現在の東京を代表する繁華街の新宿、渋谷、池袋などは、まだ東京府下に属する市外の町村だった。

木下順二にとって、「本郷」は自分の存在と不可分の「ふるさと」であり、自分が「生きている場」であったことは確かだった。この地で彼は人生の大部分を過ごし、この地で生を終えた。正確にいえば、木下順二は本郷で誕生し育ったが、一家が熊本に転居した一年をはさんで、その後小学校四年生になるまでの何年間かを隣区小石川の大塚窪町に居住している。お茶の水女子大学（当時は東京女高師）正門前の住宅地である。この町は本郷と直接地を接しており、小石川南部の神田川寄りや後楽園あたりとは雰囲気が大きく異なっていた。太平洋戦争後、本郷・小石川は統合されて文京区となったのだが、木下自身、そういうことをふくめて、住んでいた小石川を広義の本郷といってよいとくりかえし語っていることは、東京に生まれ、七十余年を東京からはなれずに暮らしてきたわたし吉田の感覚には、木下の情感もあわせて充分に首肯できる思いがある。

そしてさきに述べた、父の二人の弟、木下季吉と木下熊雄はいずれも本郷の住人であり、母の兄佐々醒雪もまた小石川窪町に居を構えていた。木下順二にとって、広義の「本郷」は、自分だけにかぎらない、自分とつながる身内の教養人たちとともにあった地であり、大学入学の際からのＹＭＣＡ宿舎に始まり死去するまでの七十年がここで経過していった生活の拠りどころでもあった。そして、なによりも、研究・著述にとりくんだ創造の場であった。

こうして、戯曲作家としての道を歩むまで、木下順二の意識を形成していった環境と条件、そこから持続し試行を重ねた創造の営みを、彼の原体験からとらえ、全作品、すべての論述を透視してみることがわたしの課題の一つとなった。

その二　ドラマ発想に影響を与えた「兵役拒否」

一九九二年、七十八歳となった木下の著『あの過ぎ去った日々』の文章から、彼の「兵役」にかかわることがらについての回想表現を、記述された年月にしたがって若干書きぬきながらたどってみる。

徴兵検査——

一九三九年の五月、大学を卒業してすぐに木下は検査を受けている。日中戦争の勃発（蘆溝橋事件）が前々年であり、国家総動員法公布が前年、第二次世界大戦がこの年の九月開戦となる、というまさに戦争の時代であった。検査の合格は、間違いなく兵士とされること、出征につながることを直ちに意味する。

（略）すっ裸のからだを物体の如くに扱われながらいくつかの関門を通った結果は第一乙種合格

であった。前年までは甲種が合格、第一乙と第二乙が応召待ち、丙種は落第組とされていたのだが、この年から甲と同じく第一乙も〝現役編入〟ということになり、私は五高馬術部の大将だったので騎兵隊ということになった。

入営——

一九四〇年、まだ寒かった三月一日の午前八時半、底ぬけの晴天のもと、熊本騎兵第六連隊の営門を、大勢の〝壮丁〟の一人としてわたしは潜った。

その何日か前の夜のこと、木下は、熊本の街の書店で、上の棚にある本を取ろうとして、右手をぐっと伸ばしたとき、ぎくりとした肩の痛みがずっととれなかった。営庭に並ばされ、将校が入隊後の心得を述べたあとに、突然、「故障のある者、前へ出ろ!」のことば。

まさに虚をつかれた思いがした。前に出るか、出ないか。出るか、出ないか。出るのならこの一瞬しかないわけだが、出るか、出ないか。その気持は、今日の若い諸君などには分りっこないだろう。何でもないちょっとした肩の痛みをたてにとって——と判断されたら、それこそ半殺しになるほど叩かれたうえ、どういう目に遭わされるか分らないのが軍隊というところである。

彼は前に進み出る。医務室に連れていかれ、憲兵に厳しく点検されてから、軍医の診断を受けることになる。木下を診た若い軍医のそれは、簡単な肉離れでたいしたことはない。

もう一人居た年寄りの軍医は、一寸間をおいてから自分の机のところに木下を呼ぶ。

（略）「陸軍病院へ行ってもらうからな」といって用箋を取り出すと、〝骨折ノ有無ニツキれんとげん検査ヲ願フ〟――わざと私に分るようにしているかと思える手つきで書いた。（傍点は吉田が付けた、以下同じ）

陸軍病院での検査の結果は、もちろん、「何ラ異常ナシ」というものである。その回答を受けとったあの軍医大尉は、帰隊して営内の中隊に待機していた木下を三時間も経った後に呼び出す。

「じっと私の顔を見ていたが、「はいりたいか？」と聞いた。もちろん軍隊へということである。私も大尉殿の顔をじっと見ながら黙っていた。「よし、愚問だから聞かん。」――それから大尉殿は、諄々とという感じで話し出した。われわれは決してきみを疑ったりはしておらん。地方（というのは、軍隊の外の世界を呼ぶ軍隊用語だ）に帰って軍隊はいいかげんなものだなどといってはいかん。事実きみの肩は入院一ヵ月以上のものと認められとるんだ。

この「ドラマ」的な体験のあと、木下は除隊となって、帰宅が命じられる。

初老の軍医の示したこの好意的な対応、というよりきわめて意識的に行なった特別の配慮は、「東京帝大卒業」という木下の履歴の肩書きに対してもあったろうが、それ以上に、熊本における「木下家」の存在と位置付けを彼がよく知っていたことによるのではないか。木下がその軍医のことを、元「開業医」と思ったという表現と、軍医の言動を吉田が傍点を付けたように記述していることは、その裏に当然「想定」される内容が大きく存在する可能性を示している。軍医が「三時間」のあいだに何を考え、何をしたかも、その「想定」をさらに強めることになるだろう。木下の父と連絡をとったり、また権力をもった上位者の了解をとるなどの行為も、当然に考えられることだといえる。

資料的に補足しておくと、『あの過ぎ去った日々』が書かれた一九九二年から十余年前の彼の文章「自伝抄　三〇年代」（『楽天的日本人』作品社刊所収）での表現では、彼を診た軍医について、「初老の軍医中尉（再応召の町医者さんに違いなかった）」とあり、「あの町医者の軍医さんが、東大大学院生で法政大学講師であった私に同情してくれたか、またはエライ人だとカン違いしてくれたか、とにかくわざとことを大げさにしてくれたのに違いない」などがある。二作の叙述に用いられた表現に若干の異同があるが、内容の基本には大きく変るところはない。「上等兵に連れられて陸軍病院へ行くことになったが、このとき私は、もう大丈夫だと思った」「肩の痛みはあのとき数日で雪の如くに消えた」という表現が、この「自伝抄　三〇年代」にはある。

木下順二は、読者がおそらくそのような想定をしながら理解をすすめることを前提にしながらも、それ以上の経緯や判断については語らないし、それを明確に文章表現することを意識的に避けたとも考えられる。『あの過ぎ去った日々』には、引用した部分のあとに、（その一）で触れたように、この一九四〇年三月一日、除隊となって自宅に帰る木下に同行した二人の上等兵が、木下家の玄関で木下と父に「ほとんど九〇度のお辞儀をして帰って行った」記述があるのだが、開業医であったと思われる初老の軍医は、この木下「家」の存在を熟知し、もしかすると、さらに父弥八郎との面識があったのかもしれない。

半年後、再度の徴兵検査が行われ、結果は「第二乙」。だが、合格である。

召集——

（略）この日からあとの毎日は、いつ召集が来るかという不安に常にさらされることになる。そしてその召集がついに来たのが、（略）一九四二年の四月だった。

太平洋戦争がすでにはじまり、入営—出征—そして死のイメージがまさに一直線につながる召集のコースである。この第二回目の入営を、木下ははっきりいやだと思った。それ以上に、それを拒否しようと意を固める。

（略）確かなのは、私が全く眠らないで三日三晩人工的に咳をしたこと。そして営門を潜り、またあの「故障のある者、前へ出ろ！」。医務室。具体的な点はみな忘れたが、胸部がどうとかで、とにかくにもまた〝即日帰郷〟、今度は文字通りその日のうちに家へ帰れたことである。

そして、その後、応召の赤紙は木下についに来なかった。

一九四〇年の入営では、兵士になることが、まだ「気が進まない」という状態だと書かれているが、四二年の召集では、はっきりと意識的に忌避したのである。木下自身が語ることに、「まあ、反戦思想なんぞとはいえない厭戦思想ぐらいのもので、立派とはいえないしろものだけれど、軍隊から逃げて帰ってくるということ自体が相当のリスクをともなうことだったので、それなりに必死ではあったわけです」（『生きることと創ることと』から）とある。正直な表現といえるのかもしれないが、「それなりに」どころではなく、まさに「必死」そのものの意識状態にあったというのが正確だといえよう。

こうした徴兵忌避の行動をとった話をいくつか聞いたことがある。詩人金子光晴が自分の息子に松や杉の葉をいぶして煙を吸い続けさせたことが知られている。

そして、やはり詩人の宗左近が果たした、徴兵忌避についての壮絶な記録がある。「わだつみの一滴」（『宗左近詩集』思想社刊所収）という、彼の自伝的文章から、その経過の概要を確かめてみる。

昭和十七年八月に徴兵検査。身長一六五センチ、体重六〇キロの彼は甲種合格。第一線の戦地にかりだされるのは間違いない。

昭和十八年二月、陸軍通信隊に入隊する。「若い軍医中尉が、その日だけ友人から借用してきた角帽をちらと横目で見て、『心臓脚気だ』といった。即日帰郷」。この若い軍医の対応は、木下の場合の中年の軍医のそれを想起させる。

帰宅したその日から、彼は絶食をはじめる。即日帰郷者には再度の検査がある。それには絶対不合格になってやると、宗左近は決意する。「一日、野菜スープ三杯とサイダー三本だけ。ベッドに寝たっきり。」「六月、徴兵検査。丙種合格。合格だが（吉田注・従来丙種は不合格だったが二年前から召集の対象となった）、まず赤紙の来る気遣いはない。身長一六五センチ、体重四十三キロ。骨と皮。『死相がでとるぞ』と、軍医少佐が注意した。」

昭和二十年三月、赤紙がまいこんできて、四月一日、横須賀海兵団に入隊する。少し長くなるが、この時彼のとった行動を引用する。

（略）丙種ばかり、約二千五百人。その日の身体検査で三分の一のものが、即日帰郷者となって営門を出た。それを見送りながら、海軍中佐が訓辞をたれた。「いま不幸にして皇国の神兵となれずにここを去る人々は、不具、胸部疾患、強度の性病、精神病の患者であって……」。わたしに啓示に似たものがひらめいた。よし、精神病でいこう。これしか、ない。早速、申し出た。中学卒業後の二年間を、分裂症、北九州の精神病院ですごしたことに創作しなおした。翌日、再検査。「まあ、大丈夫だろう」。その翌日、また申し出た。一日おいた次ぎの日、再々検査。これでも駄目なら、短剣をふるって上官の腹部に突き刺してやろう。それなら精神病者と認めざるをえないだろう。営倉送りとなっても、なあに娑婆とどっこいどっこいじゃあないか。冷たく決心した。頬の肉と瞼のぴくつくのを感じた。そのぴくつきを、さらに誇張した。口を小さくあけ放しにした。小刻みに手足をふるわせた。最終検査室に、今日は最高責任者らしい海軍軍医大佐がいた。「どうした?」。「はあ、調子が悪いのであります」。「ふうん、学生か?」。「そうであります」。「専門は何だ」。「哲学であります」。「そんなものやっとるから変になるんだ」。「はい」。「どうだ、海軍はつとまりそうか」。そこでわたしは、ふるえ声を一際高めて叫んだ。「つとまりそうも、ないのであります」。次ぎの瞬間、わたしの目から火花が散った。「バッキャロウ！」。すぐ横の兵曹長の拳が、もろにわたしの身体を床になぐり倒したのだ。わたしはよだれを垂らしたまま、なかなか起きあがろうとしなかった。

四月八日。一週間おくれの即日帰郷となった。

この稿は宗左近の戦中の行動を詳しく述べるものではない。しかし、彼の表現を通して、木下順二の当時の意識が具体的に理解できる、とわたしは感じたのだ。

木下の文章では宗左近の強烈な表現とちがって、自分のとった行為がさりげなく描写されているが、将校の声に応じて整列の前にすすみ出る決断、三日三晩咳をして肺に病状をつくる作業は、いまのわれわれの想像をはるかに超えるものがある。その作為が軍・警察に洩れれば、「相当なリスク」どころではなく、それこそ想像を超える体罰、あるいは厳しい処置が与えられるものであった。ふつうの人間には現実化不可能と思われる選択を木下は果たした。そのときの彼の心に動いたはげしい葛藤のさまを感じとりたい。宗左近と同質の思いを木下も抱いたはずである。もしわたしが彼の立場をとるとしたらどうであったか。そのときわたしが抱くだろう恐怖感と照らし合わせ、彼の行動を追体験的に把握したいと思う。

そして、自分のとったその行為から、木下がその後意識し続けたであろう「想い」について、わたしは考える。なにはともあれ、正当化の自己確認がそこにはあったろう。木下はその認識によって自分の存立を支え、またその認識によって支えられたと考えられる。わたしたちはその点を行為の決意にあわせて評価しなければならない。しかし、それだけでなく、木下順二のこころには、あの日彼と共に入営して営庭に整列した多くの〝壮丁〟、召集されて戦火の真中にひき出されて死んでいった兵士たちに対して抱いた感情があったと思う。敗戦から戦後の時の経過のなかでその感情を何度も反芻したはずである。そして、さらに、戦地に限らず、悲惨で非人間的な状況に投げこまれた、数限りない日本人さらにアジア、世界の人びとに対して、自分が私策をめぐらしてその立場を逃れたことからの「罪意識」である。「騎兵第六連隊は後に全滅したということだ。あの日入隊していたら、私は消えてしまって戦後を見ることができなかっただろう」と、木下はその後語っている。

戦後、知己としてかかわりを深めていく、同世代の学者・評論家・作家の多くが軍隊に属した経験をもった。野間宏などがそうであり、第五高等学校での同窓である梅崎春生もその体験をもとに作品を形象した。彼らに対する想いもあるはずだ。

もう一度宗左近に関して触れるのだが、彼も、自分の戦中の行為について強烈な罪意識を抱いた。「抱いた」というよりも、罪意識そのものといってよい。前述の文章から、その部分を書きぬく。昭和二十年五月二十五日夜の出来事である。

（略）寄寓先きの四谷左門町のお寺の離れが、（略）アメリカ空軍の空襲で焼けた。逃げ出したとき、わたしと母は炎の海のただなかに取り残された。手と手をにぎりあって、炎の海のなかを走った。どこまでも走った。掌がずり落ちた。わたしだけが、なおも走った。わたしは母を置き去りにした。わたしは、わたしを生んで育ててくれた母を殺した……。

身体中白い繃帯にまかれたわたしは、翌朝、四谷左門町の焼け跡の石の上に坐っていた。わたしは、母を殺した。自分を殺すことのできないニヒリストのわたしは、兵隊となって敵の手によって自分を殺すこともできず、また敵を殺すこともせず、母を殺した。


このことが、その後、宗左近の代表作ともいえる連作詩『炎える母』を誕生させる。序詞と終詞の「墓」にはさまれた一〇〇に近い作品群は、それを読んだわたしに、衝撃的な印象を与えた。

木下の「罪意識」も、その後、彼の作品の土台に存在している、とわたしは思う。しかし、木下のその意識は、土台に在る自分個人の「罪」の思いをのりこえて、日本や世界の歴史がもつ過去の過ちやそれが遺した現実の矛盾に対しての「責任」の自覚につながり、その責任を持続して追及しようとする決意となった、と考えてよい。彼は、そのための実践を、作品と文章表現とを通して具体的に体現していった。そのことに作家木下順二の特徴がある。

作家木下順二の創造モチーフの核は、なによりも自分のスタンスを明確にしようと努めることにある。自分の存在や認識への問いかけを行ない続けることであるが、自分や他の個のありかたをきびしく位置付けながら、それを社会とのかかわりにおいてとらえるものである。彼は、社会の現実に対して、いつも正面に向きあって自分の発言を続けてきた。政治家ではなく、社会運動者としてでもなく、作家としての立場をあくまでも明確にして行動してきた。「国民文化会議」の主導的な役割も果たし、演劇雑誌「テアトロ」の編集委員をつとめた時期があった。最晩年まで、戯曲作品以外の、時代や現実について問題点の指摘、われわれが考えねばならないことに対する論述が数多くあるのは、わたしがいうまでもない。木下と同世代の学識者や作家たちが同じようなとりくみをそれぞれにしており、彼らの遺していった文章を最近も読み直し、刺激を受けながらそれらに学ぶのだが、そのなかでも木下順二が示す、社会や芸術や人のありかたへの認識と主張とは、わたしにとって貴重なものである。

そのなかで、米軍砂川基地拡張反対闘争のルポルタージュ『一九五六・一〇・一三――砂川』、六〇年安保闘争で、新劇人会議デモの隊列に加えられた右翼暴力団の襲撃と、その「六月十五日」の深夜国会附近の状況を描いた放送劇『雨と血と花と』に描かれた光景は、わたしの記憶にいまも鮮烈によみがえる。

右にあげた木下順二の二作の表現にかかわって、わたし自身の体験をそこに重ねさせてもらいたい。ルポの日とは少しずれているが、砂川には支援の学生の一員として、滑走路前の鉄条網一本で基地と仕切られた畑地に坐りこんだ何時間かがあった。われわれの頭上それこそ数メートル（？）にも感じられた超低空で離陸していく米軍用機の真下にいて、なんとも怖ろしい思いをした。また、安保闘争の六月十五日、その日は、夕方から翌日の早朝にかけて、わたしも国会前にいたひとりだった。『雨と血と花と』から、全学連の学生が南通用門から国会構内に入った以降の数か所を引用する。

男 1　十九時五分。午後七時五分、学生の左横手、第四機動隊主力の後方で白い警棒がさっとあがり、「かかれ」の号令が叫ばれた。わっと喚声をあげて警官隊は学生へ殺到した。

テープ（松林アナ）再び放水車が水をまかれまして、（略）警官隊ついにつっこめがかかりまして……

男6（松林アナにダブって）十九時十分。負傷多数。抵抗者約百人を検挙中。（略）――十九時十八分。門まで圧出。門まで圧出。

男1　そして十九時二十分、午後七時二十分、学生は門外に押し出された。負傷した学生たちのうめき声の中で「誰かが死んだのではないか」ということばがひろがり、やがて七時三十分を過ぎる頃、一人の女子学生の死が伝わり始めた。

その後午後九時ごろ、抗議のため学生たちは再び構内に入った。

男1　そして十時、国会正面玄関前で抗議集会を開くために、学生たちは移動を開始しようとした。そして十時五分、後方の第四機動隊と前方の第二機動隊とが、同時に警棒をふるっておそいかかった。（略）

男1　学生たちはころびながら逃げた。そして正門から少しはなれた何ヵ所かに坐りこんだ。しかしそれ以上は決してひかなかった。（略）――午前一時十分、二つのさくれつ音があがった。（催涙弾のさくれつ音――サイレンの音――）催涙弾であった。（強烈な叫び声――）数十個の催涙弾がそれに続き、（さくれつ音しきりとつづき、騒音はげしくなりつつ――）一時二十分、正門から躍り出た警官隊が学生を追い散らし、情況を案じて集っていた大学教授団グループ、研究者グループが大きな被害を受けた。午前一時すぎ、首相官邸前の状況を伝えるラジオ関東の島アナウンサーテープ（島アナ）今、ちょうど、この眼の前で警官隊は警棒をふるっております！（略）この野郎馬鹿野郎といっております！　今、なぐっております！　マイクロフォン近づけてみましょう。（警官の怒号）警官隊が激しく暴力をふるっております！（「何か文句があるのか」というドスの利いた警官の声）マイクロフォンも、マイクロフォンも今、警官隊によって、ひきずりまわされております！　警官隊によってひきずりまわされております！（サイレンの音）警官隊の警棒によって、（息のつまるような声で）警棒によって今、首をはさまれています！　首がはさまれております！（「何？」という警官の声）今、実況放送中でありますが、警官隊が私の顔をなぐりました！

（略）

このラジオ・ドラマは、一九六〇年六月十五日の事実に基づいて構成されたものであるが、作者木下順二も登場し、また、アナウンサーの実況も実際に放送されたテープが使用されている。引用した部分にある「大学教授団グループ・研究者グループ」のなかにわたしもそのとき存在していた。各大学の教職員組合がそこに参加しており、わたしもその一支部の役員として多くの同僚とともに隊列のなかにいた。木下も書いているように、夕方から夜にかけて警官の暴行を受けた学生たちを案じて、われわれのデモ隊は、国会の通りにとどまり、わたしたちのグループは、夕方に女子学生が死んだその南通用門前で、深夜、ちょうど待機していたのである。

正門前から学生を追い散らした機動隊は、坂を駆けのぼり、その延長としてわれわれを襲った。まさに島アナウンサーが報じたような状況が生じた。「逃げるな！　逃げるな！　ふみとどまれ！」と叫びながらも、わたしたちは、南通用門前から特許庁に続く坂道を走って逃げたのだ。教授会、大学の教職員のメンバー、わたしの職場の仲間もが何人も機動隊の群のなかにとりのこされ、警官の暴行を受けて負傷した。

わたしは組合の役員をしていたのだから、そういった仲間を守って最後尾につくべきだったのだろう。しかしわたしは、集団の中央にあって駈ける逃げ足がとまらなかった。特許庁前で全員集合して点検し、そこで居ないメンバーの存在を知って、何人かと国会方面へととって返した。そして朝から午前中まで、収容されたと思われる病院をたずね歩いた。

わたしは、そのときから、負傷した同僚たちへの「うしろめたい」気持を抱いていた。とくに、この事件を最要因として、その後体調不良と神経失調をひきずり、職場復帰が完全にできないままに長い年月を過ごして死んでいった、ひとりの親しい友への「罪意識」を捨てることはできなかったし、今もできない。

木下は、自分の表現のための形式として、戯曲を採用した。それは、自身の欲求に基づくものであるとともに、現実に対して、さらに歴史に向かって、自己の認識を体現しうる最適の営みとして選択したものだ。その点では、あらゆる芸術の創造行為は、その作者にとって同様だといえるだろうし、そもそもすべての人の表現はそういうはたらきで生まれる。ただ思うのは、「演劇」が現実に生きている人間たちによって創られ、表現され、現在生きている人間たちがそれを観ることによってはじめてなりたつこと、「戯曲」はそのことを前提にし、そのための不可欠な材料・要素という位置付けをもつことである。それゆえ、小説や詩、また美術の分野とくらべると、戯曲のほとんどは、主観的な自己表現を出発点として形象されながらも、個の営みにとどまることはできない。現実や歴史とのかかわり、その状況や課題、人間のありようを否応なく提示するのである。「不条理劇」「アンチテアトル」という戯曲のスタイルをもとうと、「大衆劇」「娯楽劇」や「伝統劇」の分野であろうとも、その内容は、戯曲に必ず存在している。

木下順二は、自分の出自という環境や兵役拒否の行為から必然的に生成されたであろう認識を、戯曲創作のなかで深化させ、克服して行った。処女作『風浪』(時間をかけた改稿の過程はその意味で重視したい)からはじまり、戦後五年のあいだに著わした『山脈(やまなみ)』『暗い火花』『蛙昇天』の三作品は、自分の認識をドラマの人物にきりかえし、時代の現実に投げこみ、作品世界に昇華させていった道筋としてのあらわれであり出発である。

『山脈(やまなみ)』の山田、『蛙昇天』のシュレは、自分に迫ってくる社会的状況、権力から逃れようとはしなかった。山田もシュレも、自分のとるべきありかたの正否に葛藤の日夜を重ね、逃れられるなら逃れたい思いも抱きながら、自分が望む前向きの行為を選ぶ。その結果として死を招来することになるのだが、人間として存在することの課題を貫ぬこうとした。『暗い火花』の利根にしてもそのことは同様だといえる。復員兵として帰国した利根は、近代的な職場の実現を願い、町工場の経営に全力を傾注する。彼ら三人はあくまでもドラマのなかに創り出された人物であるのだが、それを胚胎し、形象化した作者のこころの底部に、あの、戦中、自身の「体験」への痛切な思いがはたらいていた、と感じる。そして、三作品だけのことではない、九十二歳で死去するまでの生涯、そのすべての仕事を通してその認識を抱き続け、創造のエネルギーにしたといってよい。

わたしは、「罪意識」ということばを用いた。確かにそのなかみは木下という個人の意識として存在していたはずなのだが、わたしが敬服するのは、くりかえすようだが、それを自分自身の次元にだけとどめるのではなく、創り手としてのおのれの内に課題を捉え、日本人全体の場にそれを拡げていったことである。被害者でありながら加害者としての立場をとることのあるわれわれ、しかもその事実をあいまいにしていることが真の加害者の存在を支え、問題の責任の所在を不明確にする。戦争、差別、社会的格差、時代と歴史のなかに温存され、人びとの生存に苦痛を与える矛盾をいつまでもひきずっていく。この「原罪」意識に木下はつきあたる。

この問題について、木下は多くの評論で触れているが、その代表として、一九六三年に書かれた「戯曲で現代をとらえることについて」（『日本が日本であるためには』所収）から、部分を引用して、木下の認識を確認したい。

戦争中の自分というものを考えて一つ非常に気にかかることは、日本全体の戦時体制の中で、やっぱり自分は流されていたのではないかという気がすることです。（略）気持の中に戦争否定は持っていても、何の目立ったこともしなかった。ただおとなしく徴兵検査を受けて、せめて抵抗というとそこで仮病を使って即日帰郷で逃げ帰ったくらいです。

しかし、その時の自分の心理を確かめてみると、やはり全体の中で、多かれ少なかれ流されていたと感じるのです。

ところが、流されていたということが分かるのは、時間を隔てて、自分を客観的に見ることができるようになってからです。そして現在の私自身は、そういうふうに過去の自分をふり返ってみることによって、やや客観的に現在の自分というものを見ることができるような気がする。過去の体験から現在の自分を照らして、現在の大衆社会的状況の中で自分が流されないようにしようと考えることはできる。けれども現在のなかで自分が本当に流されているかいないかは、これを証明するもう一つ何かものさしが無い限り、本当には分からないわけです。

なにかそういうものさしは無いか。流されるという比喩にふさわしい俗っぽい比喩を使うならば、流されている自分がつかまる棒っくいはないかということです。ちょうどそういうことを考えていた時藤島君の「日本の三つの原罪」を読んで、考えさせられた。

「藤島君の『日本の三つの原罪』を読んで」と木下が述べているのは、藤島宇内の著作『日本の民族運動』（一九六一年、弘文堂刊）にある文章だが、藤島の指摘する三つの原罪に「差別」のことばを足せば、朝鮮人に対する差別、被差別部落に対する差別、沖縄に対する差別の問題である。それは、日本の近代（それ以前の歴史時代からともいえるが）がつくってきた三つの差別意識とそれに基づいた権力支配を受け続けて、その被害の傷は今に至るまで癒やされないできている。しかも、権力者だけでなく、その差別意識は民衆の中にも広く存在しており、われわれにおいてもそれは決して例外ではない。木下は、その三つに、朝鮮への植民地支配や中国侵略を加え、かつての日本が犯してきた罪は消えない、消せないのだという認識を自分たちの頭において行動しなければ「流されていく」のに抵抗できないことを、くり返して主張する。

そしてまた、「戦争責任」の追及が、占領軍まかせの公職追放や軍事裁判によってだけ処理され、告発は外発的な力に委ねられて、日本人の内発性によるとりくみがきわめて弱かった問題点についても、木下は、指摘しつづける。「みずからを刺す痛みを持ち得るものだけが、他を刺すことができるのだ」。

それらは、木下自身を支える認識であるが、現代をどう捉えるかの保障であり、さらに現代をドラマとして描き出すための不可欠の要素であることに進展していく。

たとえば『沖縄』（未來社刊、六三年）という芝居を書くときには、原罪意識として現代をとらえるとどうなるかという、自分としてはそれを軸としてあの作品を書いてみたということであったわけです。

木下は、『沖縄』で、「波平秀」に「どうしてもとり返しのつかないことを、どうしてもとり返すために」のせりふを何度も発言させる。そして、この絶対に矛盾するせりふを自然に書くことができたときに、やっと「ドラマ」がつかめた、という自分の思いを語っている。「原罪」を現在の状況にまでつなげ、人の生きかたの問題として求め、そのことによってドラマ成立と展開との不可欠な条件にすることができたという、創り手の思いである。

この「原罪意識」と同根の立場からやや視点をずらしたところで、木下はもうひとつの課題を発見していく。時代状況に立ち向かう人間と歴史とのかかわりのありかたが、「原罪」の意識と同じように、ドラマというものの本質と重なっていることである。『沖縄』執筆とまさに並行する一九六二年に発表された『オットーと呼ばれる日本人』の仕事を通してのことだ。

太平洋戦争開戦直前に検挙されたコミンテルンの組織下にあったスパイ団、ゾルゲを中心にともに活動した尾崎秀実らの行動を軸にしてドラマは組み立てられている。この作品についてここでは内容に立ち入ることはしない。ただ、これも、「戯曲で現代をとらえることについて」から、木下の、この作品についての思考をさぐってみる。

あの戦争に反対し、それをくいとめようとした人たちが存在していた。ごく少数ではあったが、はっきりと抵抗運動をして刑務所に入れられ、独房に十数年も座って過ごした人たち。それはシンボルとしての大きな意味をもったが、現実を動かすことはできない。一方、抵抗の気持をもっているが「黙っている」という態度を貫ぬいた人も多い。しかし、それは抵抗でないとはいえないけれども、抵抗であるともはっきりいえない。

すると、何か発言する。発言して、しかしそれが権力と牴触しない、あるいは牴触のすれすれで発言することによって抵抗しようとする。その論理をおしつめて行くと、発言権が大きくなればなるほど、権力側の意見とか当時の社会状況と妥協する部分が大きくなっていくということだろう。

そのような関係の中で苦闘した人々があったわけで、そしてそこのところで問題をドラマとしてとらえることはできないか、そういう一つの視点で現代をとらえてみようとした。

（略）目標に近づけば近づくほど目標から遠ざかっていく（略）。ドラマティックというのはそういうことじゃないか。達成しようとすればするほど遠ざかっていく。それはたとえば発言を強くすればするほど発言の目的から遠ざかっていくということと見合う法則です。

戯曲作家木下順二が、『沖縄』と『オットーと呼ばれる日本人』の二作にとりくむなかで見出し、自分のものとした二つの視点は、彼のドラマづくりを貫く思想というものになった。

その点にかかわって、わたしは、木下ドラマを理解するために、また、わたし自身のありようを考えるために、整理しておきたい、いくつかの問題を列挙しておく。

第一は、木下のこの認識は、一九六〇年の「安保闘争」を経て、より具体的に深められてきたということである。前述したように、彼は、「新劇人会議」のメンバーとして、あの六月十五日の国会デモにも参加していた。

木下順二は「安保」に限らず、作家の立場から社会的な実践活動をいろいろと果たしてきた。そして「安保闘争」は条約を撤回させることはできなかったが、運動の結果として、その後に、相反する反応を日本社会につくったといえる。広汎な人々の結集に民衆のエネルギーを感じとって、そこからなんとか未来への展望をもとうとするものと、「挫折感」にとらわれて活動から脱落したり、既成政党や労働運動に不信を抱き、新左翼の過激活動に入りこんでいったりまたは同調するものとの対立的分離である。社会運動だけでなく、思想、芸術などの分野でもそうした風潮が見られ、演劇もまた同様の傾向を示した。小劇場運動の多くはそうした動向とかかわって生み出されていく。

木下順二のとった立場は、経過と状況とを冷厳に見つめることであった。「やっぱりあの問題が日本の過去ってものを非常に照らし出したことは確かだね」「安保を体験したあとで、まあ、一、二年たったここらへんのとこでね、少しわかってきてるのは、やっぱり、歴史的につかまえるってこと かなと、一九六二年野間宏との対談（『木下順二作品集Ⅳ』未來社刊）で、木下は語るのである。自分と現実と歴史とが重なりあうことの認識を明確にしていったのだ。

二番目に、その認識は、自分のこれまでの全活動、戦中の時代そして戦後十五年余の制作・評論のとりくみを貫ぬくものとして確認するものであった。歴史を過去の事実としてみるのではなく、現在をも歴史的に感じとること、歴史そのものの本質を、過去・現在のつながりのなかにとらえる視点を木下は見出していった。それは『風浪』から民話劇、そして戦後の作品のそれぞれに志向し、具体化しようとしたモチーフとテーマ、手法を一貫させようとする作家の自覚だといってよい。「そういうものとしての日本の歴史ってものをつかまえることでね、感覚的に、体質的につかまえることでね、今の日本ってものは、つかまえられるという気がする」（同上）とも語るのだ。現代をとらえるドラマ創作の視点を自分のものにしたのである。

三つ目に、その認識は、木下が学究者としても深めてきた、ギリシャ悲劇からシェイクスピア劇やフランス古典劇を流れている「ドラマ」の基本をその認識とまさに重なるものとして、いいかえれば、歴史も現実もドラマの本質と同一のものとしてわれわれに対していることを明確にしたことである。その考えは、彼の戯曲作家の出発時から間違いなく存在し、一九五九年刊の『ドラマの世界』に含まれる「マクベス論」のなかに展開されたのだった。しかし、それは、すぐれた「論」として提示されたのだが、作劇の営みと充分かみあった、木下のドラマトゥルギーという点ではまだ不定な面があったと考えられる。そのことを『沖縄』『オットーと呼ばれる日本人』のとりくみで、実践的に深め、木下ドラマを明確に位置付ける思想となった。

木下順二に関心をもつひとには、余計な引用かもしれないのだが、一九六八年の『ドラマとの対話』から、その集約的な表現を書きとめる。

ある願望があって、それも願わくは妄想的でも平凡でもない強烈な願望があって、それをどうしても達成しようと思わないではいられないやはり強烈な性格の人物がいる。そして彼は見事にその願望を達成するのだが、それを達成するということは、同時に彼がまさにその上に立っている基盤そのものを見事に否定し去るのだというそういう矛盾の存在。『オイディプース王』から『人形の家』まで、すぐれた戯曲をつらぬいているものは、この絶対に平凡ではない原理であるように思う。そしてその原理こそがドラマであり、その原理の集約点がつまりドラマのクライマクスであるのである。

私がいっているのは、戯曲というものは、劇作家が、人間の力を超えるなにものかと緊張感を以って対峙しているという地点からしか生産されないものであるだろうということなのだ。（略）人間の力を超えるなにものかと緊張感を以って対峙している地点から生産されていないならば、どのような精緻な会話とどのように巧妙な構造を持った戯曲らしい作品も戯曲とは呼べないだろう。そして思いつくままに上に名前をあげた人々、ベン・ジョンスン、コルネイユ、ラシーヌ、オニール、イプセン、みな一様にその興隆期には、人間の力を超えるなにものかとの対峙に緊張感をみなぎらしていた。

木下の創作活動は、この認識の実践的体現であり、創造者としてこの認識との対決であったといってよい。その後の代表的な戯曲作品『冬の時代』『白い夜の宴』『神と人とのあいだ』そして『子午線の祀り』『巨匠』を読めば、そのことを強く実感させられる。また、一九九五年八十一歳の彼は、『〝劇的〟とは』で自身のドラマ論をまとめあげたが、そこには、右にあげた二つの文章を、三十年近く前に書いたものだがとして、この『ドラマとの対話』から具体的に引用している。（吉田注、『〝劇的〟とは』では、「そして思いつくままに上に名前をあげた人々」の表現はなく、そこに「シェイクスピア」が入れられている。）時を経たその表現のありかたは、木下が、その認識を保ち続けて創造のとりくみを果たしたことを物語っている。

そしてもうひとつ、第四の問題として思うものは、木下が、知識人のありかたを、ドラマのテーマとして意図的に追究したことである。正確にいえば、知識人と民衆の両者に対してであり、そのかかわりである。木下のどの作品をとりあげてもそれはいえることだし、ここで無理に仕分けることは適切ではないだろうが、民衆の課題はいわゆる「民話劇」や民話の採録などの面に強く示され、戯曲には知識人の問題がドラマ葛藤の主軸になっていると考えられる。ここでわたしが学ぶのは、時代と正面に向きあって自己の行動を求める知識人の生きかたは、木下自身にとって切実な課題であることだ。

そのことは、木下にかぎらず、戦争を体験し、敗戦後に活動をはじめた文学者・思想家の多くにみてとれることだ。だが、木下の場合、その意識は、他と比してとりわけ強くあったといってよい。わたしはそう思っている。そのことは、彼のもつ倫理観のもたらしたものともいえ、木下ドラマからはなにか求道的な印象を受けるときがある。田中千禾夫が評して、木下ドラマは、『風浪』と『山脈（やまなみ）』そして「民話劇」以外の作品は観念劇だと述べた。わたしもその意見に全面的に同意する。木下自身も、自作『沖縄』について次のように語っている。

この戯曲について言っておきたいことは、これは不細工といってもいい一種の観念劇なのです。私は初期の戯曲、例えば『山脈（やまなみ）』（一九四九）という現代劇では、戯曲の世界の中に現実に自分がいると思えるまでに素材を調べあげ、その中に自分がいるという実感を手掛りに戯曲をつくりあげて来たという気がしていました。だがそうするとどうしても〝ドラマとは何か〟と考えている自分の思考が、現実的な素材のほうに引きずられることになってしまう。そのことにだんだん気がついて、当時から『沖縄』に至る十数年のあいだにいろんな試みをして来てはいたのですが、

『沖縄』ほど徹底的な観念劇を書いたことはありませんでした。

徹底的というのは、私は沖縄へ行かないで、本土にいて調べられるだけ調べあげた素材を、私の観念でもって組み立ててこの芝居を書いたのです。（『木下順二集』5、月報、岩波書店――『〝劇的〟とは』岩波新書所収）

「観念」によって作品が組み立てられることは決してマイナスのことではなく、むしろ積極的に肯定されることである。問題なのは、それを矮小化し固定化して執着する「観念的」な表現だ。すぐれた芸術作品にはすぐれた観念がその土台に必ず存在して発現する。肝要なのは、その観念が表現者にとって動かしがたい必然性をもって形成されていること、その観念が現実や歴史と対峙して緊張関係を保っていること、その観念が表現形象のすみずみにまで不可分に滲透していることである。わたしは、その徹底さが作品だけでなくすべての論述に貫ぬかれている点で、木下の仕事を評価し、また心ひかれる。

彼は真正の「知識人」である。彼の「観念」はその証しだ。

ただ、この観念性は、具体的な演劇表現の場では、困難をかかえる条件となる。わたしの体験でいうと、作品『沖縄』に関していえば、一九六三年の「ぶどうの会」での上演、二〇〇七年の「民藝」による公演でも、舞台から受けた印象では、「不十分で消化不良」のものだった。そして、芝居にわかりやすさ、楽しさ、おもしろさを求め、そこに観劇の役割を認める人には、木下の舞台はむずかしく、理屈が強いと感じるかもしれない。

その上に、主観的な受けとめを通してわたしが思ったことは、『沖縄』の舞台の成功のためには、演出・俳優・スタッフの上演者が、木下の強烈な観念と等しいとはいわないまでも、それに近い質の（わたしの願望でいえば作品を圧倒するくらいの）歴史と現実に対する観念をもち、木下のそれとあわせたその観念を舞台上で実現するだけの人間的な演技力と舞台構成の表現性をもって迫らなければならないと感じたのだ。また、観客・読者も、木下ドラマを正面から受けとめるために、ある靭《つよ》さが要求されるだろう。

木下の戯曲作品の多くに強い刺激を受ける経験を重ねながら、「演劇」における観念性、それは文学性、哲学性といいかえてもいいのかもしれないが、それを確実に自分に向きあわせることの重要さを、いましきりと考えている

くりかえしの確認をすれば、戯曲作家（加えて、思想家、文化評論家として）木下順二が果たした、現実と歴史とドラマの本質と関連の把握、その作品表現化への追及は、それを出発させた原点として、彼の出自の環境条件と戦中の体験が心に刻したトラウマといえる思いがある、とわたしは感じ続けている。木下は、その思いを反芻しながら、前向きに創造の世界へと切り返し、思考を深め、作品・文章に練り上げていく年月を過ごした。その葛藤と克服のためのたたかいは、自分自身をあくまでも軸にしながら、日本と日本人の存在のありかた、知識人と民衆の課題をドラマに創り上げる営みとして粘り強く伸張されていった。

その歩みとしての作品と論述とを理解しようとしながら、なによりもわたしは木下のその営みこそ

を受けとめたい。そして、彼が追及したその内容を、おのれにとっての教訓と課題にしたい。

あとがき

吉田　一

木下順二が戦後引き続いて発表した『山脈（やまなみ）』『暗い火花』『蛙昇天』という三つの現代劇によって、木下の劇作家としての本格的なスタートが切られた。それらは、戦中・戦後の日本社会の状況とそこに不可分にかかわった人びとの生きかたを問題としたことで、戦後文学の一翼をはっきりと荷う創造になったといえる。そして、そこに刻みこまれたドラマの内容は、その後半世紀にわたって展開する彼のすべての活動を方向づけるといってよい。

三つの現代劇を生み出していった作業は、並行した、『夕鶴』の成立と上演、粘り強く続けられた『風浪』の改稿と呼応しているのはいうまでもない。〝ドラマ〟の本質に迫ろうとする努力、作品の構成や手法への試行がそのすべてに裏打ちされている。

彼の戯曲には、当然「民話劇」がそのなかにくりこまれる。また、それらをはるかに上まわる数の評論・エッセイの文章、さらに放送劇、語りものの採録、シェイクスピアの飜訳などなど、広汎で多彩な表現活動が展開されていった。木下の「戦後の出発」はそれらすべての創造と結びついている。

木下順二の仕事を問題にするものは、彼の個々の作品・文章を具体的に把握しながらも、九十年余に及ぶ生きた歩みをその間の社会の姿とあわせて透視していかねばならない。したがって、この小論述は、その課題についてのわたしたちの出発点になるということをも意味している。

＊　＊　＊

そのためには、木下のとりくみを初期の営みから順次にたどり、丹念に熟読していく必要があるのだが、一方、逆に、彼が果たした最後の仕事から処女作『風浪』までさかのぼっていき、さらにいえば、それらを支えた原意識までをふくめて全体を遠望してみるのも大切な視点だと考えている。その両方のベクトルを個々の作品・文章の理解と交錯させることによって、作家木下順二をより深くおさえこむことが可能になるのではなかろうか。というより、その作業に重ねて、わたし自身の過ごしてきたありかたを問題にするのだといってもよい。

木下は、二〇〇四年の一〇月一四日、「朝日新聞」夕刊に「螺旋形の〝未来〟」と題する小文を載せた。「去年の秋、中村哲への弔詞を書きながら、ああとうとうおれも一人になったという感慨を押さえられなかった。」というのがその書き出しである。「一人に」というのは敗戦二年後の一九四七年、二十人足らずのメンバーで発足した〝未来〟と名付けたグループのことをいっている。杉浦明平、丸山真男、野間宏、石母田正、岡本太郎など〈専門を超える連帯〉をつくろうとの主旨で、自由討論をさまざまに行なっていったのがその集まりだ。

タイトルとされている木下の論の主意は、おおむね次のようになろう。

個人も世界もその発展は螺旋形を描いていく。つまり人間の思考は常に過去を引きずり、それを少しずつ断ち切りながら、やはり引きずって伸びていくのが「螺旋形」という意味だ。人は時代の中で〝流されて〟いる。そして、あの時自分が流されていたと思い返すときに、その輪を一つ登ったのだといえる。その繰り返し。個人にいえるだけではない、歴史というものも、それに似た〝発展〟をしていく。

木下のこの思考は、人間と歴史の発展というか変化について、九十歳の彼のたどりついた結論といってよいのかもしれない。この「螺旋形の〝未来〟」という文章を記述しようとした発想は、敗戦直後の〝未来〟グループの回想に呼びさまされ、あの時に論じていた「日本と世界の未来」、それが半世紀後の現在どのくらいまで進み、どのくらいまで発展しているか、いないかへの、執筆時点での自問自答といえるからだ。

そのことから、これが木下順二にとって、二〇〇四年に到達した、歴史と人間に対する認識だとも思われる。いつも緻密な論述をすすめる木下としてはきわめて概括的なとらえかたで、表現も簡潔だと感じながらも、わたしには到達点として理解できる。そしてさらに思うのは、ここまで辿ってきた彼自身の認識の歩みを回顧し総括する思考でもあるということだ。

この文章の終わりの部分で、木下はこう書いている。

いま世界は大混乱の状態を重ねていると言えば言えるが、大か小かは別として、過去を考えてみても、世界はいつも、部分でか全体としてか、混乱して来た。そしてそれを正そうという努力もまた常に、部分でか全体としてか、払われて来た。その流れの中に今日現在もまたある。という意味で、今日現在も世界は螺旋形で発展しつつあると言ってはいけないか。

「正そうという努力」の一翼に自分も加わってきたという木下の意識が、わたしには伝わってくる。あるいは、木下の仕事をそのようにわたしはとらえる。人間の努力が現実にどれだけの成果をあげてきたかはときに疑問であり、元に戻ったり後退しているようにも感じられる場合が多い。「螺旋形」ということばはそういった状況をもイメージさせる。しかし、努力の総体が世界の「螺旋形の発展」の力になりうるかもしれないという、確信的な願望を抱こうとする木下がいる。歴史的にみても、また現在でも、そうした努力と願望とをもって行動し、意見を述べる人々がいたし、いる。その人間の存在に信頼を寄せたい、とする木下の思考は、わたしを鼓舞する。

わたし自身にひきつけて考えると、わたしは、いま、自分と世界の発展についてどういう認識と展望とをもっているか、わたしの人生をふりかえり、ここまでどれほどの努力を果たしてきたか、何を課題として追及し何を生み出してきたか、たいへん心もとない思いにかられる。ただ居直っていえば、木下順二とはくらべものにはならないが、わたしも自分の拠る小さな場所で小さな努力の営みをしていたのだ、と自分に対してつぶやいてやりたい。どうしようもないコンプレックスとともにいくらかの自負心をもつことが、木下とわたしとを具体的に結びつけている。

＊　＊　＊

「螺旋形の〝未来〟」から木下の思考の歩みを逆に辿り、そのプロセスを確かめたい、と思っているのだが、その作業の主軸にはやはり戯曲作品を据えなくてはならない。あるいは並行させねばいけない。

彼の遺した最後の劇作は、一九九一年発表の『巨匠』である。そこから半世紀前の『風浪』まで一作一作とさかのぼっていく。少なくとも『子午線の祀り』『神と人とのあいだ』『白い夜の宴』までとのつながりは、わたしの当面の課題として具体化したい。

『巨匠』は、原作であるポーランドのテレビ・ドラマのシナリオを読み、また木下作品を二つの劇団の上演舞台で観ていろいろと考えることがあった。関きよしさん、また若い友人とも作品・舞台について若干の討論をしたことがある。改めて自分の問題として再検討しようと思っているので、ここでその内容について触れることはしない。いずれ自分なりの文章にするつもりではいる。ただ、戯曲表現と作者とのかかわりという点に関してだけ述べておこう。

この作品は木下の純粋の創作ではなく、一九六七年ポーランドのテレビ・ドラマ『巨匠』の放映に強い感銘を受けた彼が、その二十数年後、「――ジスワフ・スコロヴロンスキ作『巨匠』に拠る」と副題をつけて書きあげたものだ。一九六七年の時点では、このテレビ・ドラマからの感銘を「芸術家の運命について」というエッセイに書き記した。そしてこの年は、『白い夜の宴』を発表した年でもある。

そういった飜案的創作という成立の経過から、また前作『子午線の祀り』とかなり時間的なへだたりのある条件からも木下が求めたのかもしれないが、この作品には作者の意見がせりふのなかに直接に投げこまれていると感じさせる特徴がある。原作の冒頭と終末に設定されている、ある俳優と演出家との場面を木下は有効に活用して二人のせりふを豊かにし、Aという人物に演出者としての役だけでなく、作者の代弁者というはたらきも与えて登場させる。そうせずにはいられなかった彼のドラマと現実・歴史とに対する認識と思いとがそこにあった。一九九一年、八十歳の年齢に近づいた木下順二の切実な思考がその表現をとらせた、とわたしは思っている。

『巨匠』のラストの場面から、そのせりふの部分を引用する。(『巨匠』一九九一年、福武書店)

俳優　決してうまくない俳優だったんだろうと思う。『マクベス』の解釈だっておかしかった。しかし芽の出ないままの四十年間、あの人は執念を持ち続けたんだ。そしてその執念が、生き残るか銃殺されるかの二つの極のあいだで引き裂かれようとするあの危機的な状況の真っ只中に置かれたとき、あの人は純粋に全く芸術家であり得た。――いいかえれば、苦労の記憶のみが多かった四十年間の毎日の中で、自分をそのように危機的な状況の中に置くすべを知らなかったからこそ、その人は四十年間、ただ凡庸な俳優であり続けるほかなかったのだといえるのかも知れない。

A　四十年間、無意識の逃避を続けていたといえるかも知れないな。そして逃避ではない積極的な自己主張を、ナチの銃口にさらされた最後の瞬間にだけ主張し得た老人にとって、これまでの四十年間に一度もなかった、またこれからもあり得なかっただろうたった一度の俳優となる機会を、みずからの意志によってでなく、しかしみずからの執念によって呼び寄せた。死を目前にして。

俳優　それがあの人の悲劇だった――悲劇？――うん、確かに悲劇だった。――「自然に対して鏡を掲げる、正しいものはその通り、醜いものはそのように、時勢のありさまや本質をくっきりとうつしだす」――

A　『ハムレット』ですね。

俳優　あの人はあの時まさにそれをやったんだ。やるところをぼくは見てたんだ。いや、一所に体験したんだ。その体験は、今度の稽古のあいだじゅう毎日ぼくの中に生き返って決定的な処理を要求し続けた。ぼくは決定的に処理しなけりゃならない。どうしても決定的に処理したいんだ。そうすることによってぼくは、あの人にぼくの演技を捧げたいんだ。だからぼくはあの人の真似をする。あの人のやった通りのことをやろうというんじゃないんだよ。真似が本当にできたら、もうそれは真似じゃなくなる。真実の行為になる。そう、真実の行為であるぼくの演技を、ぼくはあの人に捧げたいんだ。

A　（やがて）分った。（略）

もちろん、原作のシナリオ（「シナリオ」一九六七年十二月号に採録されたもの）にはこれらのせりふはない。また、この年に発表された「芸術家の運命について」のなかには、基本的にほとんどこれと同一の内容表現がある。木下は、二十余年の後にそこに述べた自分の認識をこの作品のなかにくみこんだ。

さらにいえば、この戯曲の最後は、Aの、かなり長い次のせりふである。

（微笑）やって下さい、あんたのやりたいように。といって演出家は楽屋から出て行くのですが、さて俳優がどう演じるか、それをわたしたちは見ることができません。

ところで今の対話の中に、〝生き残るか銃殺されるかの二つの極のあいだで引き裂かれようとする危機的な状況〟ということばが出て来ました。しかし、表面平穏な今日《こんにち》の中に住むわたしたちには、そういう〝危機的な状況〟とは一体何なのか、一体どこにあるのか、それが分らなくなってしまっています。その結果として、〝逃避ではない積極的な自己主張〟をどうやったらわたしたちはできるのか、問題は漠としてしまっています。けれども、にもかかわらず、今日《こんにち》のこういう世界の中にどうやってそれを見いだし、何をどう決定し、どう行為するか、そのすべてはわたしたち自身にゆだねられているわけです。

最初にいった、一人の日本の作家のあのエッセイ、「芸術家の運命について」の一節を、最後に読んでみましょう。

「俳優が今夜初日の舞台でどう演じるか、それをわたしたちは見ることができない。どう演じるかの問題は、すべてわたしたち一人一人の中に、課題として残されるのである。」

引用したこれらのせりふは、戯曲作品としてははたして適切な表現かどうかという問題をはらむかもしれない。

一九四四年、ドイツ・ナチスの支配下にあったポーランド。「巨匠」とからかわれる「あの人」を中心にした場面だけで、作品としては充分に成立している。そして、その場面の前後に、二十年後、「あの人」の命をかけた表現を受け継ごうとしているかつての若い「俳優」の存在が示されれば、作者の意図は貫徹される。

しかし、木下は、その上に、自分の思考を積極的に参入させる。しかも、かなり「生《なま》」の形で「直接」にせりふとしているのだ。

そのせりふを加えることによって、木下順二ドラマが成り立ったのだ、とわたしは考える。彼が感銘を受けたテレビ・ドラマの世界を豊かに生きいきと自分なりに再現しながら、ポーランドのスコロヴロンスキのドラマを、日本の「自分の作品」とした。

そのはたらきの重さを受けとめたい。

＊　＊　＊

「何をどう決定し、どう行為するか、そのすべてはわたしたち自身にゆだねられている」と木下順二はいう。そのとおりだと思う。毎日の暮らしのなかでも、またその積み重ねとしての人生についても、人は、ひとりひとりそうやって生きてきた。しかし、その決定や行為を「どう」果たしたか、「何に」ついてそれを行なってきたのかを自分が具体的に吟味し、正当に評価することはたいへんむずかしい。木下のことばは、実は、その点をついているのだ。

わたしは、この著の第二部とした小論で、木下にとっての「罪意識」、また戦争・時代・歴史に対して人間として考えなくてはならない「責任」について述べた。その問題とかかわって、木下順二の、人のありかた、作家としてのモチーフ、作品に具現化されるテーマが持続的に追及されていったのだと思っている。それは、彼だけのことではない。同じ世代に属し、戦後それぞれ独自の営みを追及していった作家・詩人・研究者たちの多くが、その意識を共有し、自分なりに創るとりくみを果たしていった。彼らの仕事がどんなにわたしの心に刺激を与えてくれたことか。

そしてまた、民衆のなかにも、そうしたスタンスからの決定、行為を行なった人たちが存在していることも、わたしは、いろいろと知ってきた。

その一例をあげる。絶対的な信仰といってよい天皇崇拝の気持ちを保ち、少年兵として海軍に志願した若者がいる。敗戦直前まで戦艦武蔵の乗務員として戦ったが米軍の攻撃で沈没、多数の同僚の悲惨な死を目のあたりにしてきた。ところが、戦後それらの戦争と死者たちへの責任を取ろうとしない天皇の姿から、自分がその天皇のために戦ってきたのだとの痛恨の思いを抱く。彼は、兵士として天皇から受けたすべての給付を洗いざらい書きあげ、計算して、返却するのだ。『砕かれた神』（岩波現代文庫）の著をあらわした渡辺清である。俸給、食費、被服など細かい一つ一つの金品を落とすことなく、彼は、丹念に数えあげていく。そして、渡辺はその著の最後にこうつけ加える。

最後にこれは一番気になっていたことですが、私はアナタから「御下賜品」として左記の品をいただきました。

昭和十七年一月五日　戦艦長門にて恩賜の煙草一箱
昭和十七年八月十六日　駆逐艦五月雨にて恩賜の煙草一箱

昭和十八年六月二十四日　戦艦武蔵にて恩賜の煙草一箱と清酒（二合入り）一本

たとえ相手が誰であっても、他人《ひと》からの贈りものを金で見積もる失礼は重々承知のうえで、これについてはあえて一〇〇円を計算にくわえました。

以上が、私がアナタの海軍に服役中、アナタから受けた金品のすべてです。総額四、二八一円〇五銭になりますので、端数を切りあげて四、二八二円をここにお返しいたします。お受け取りください。

私は、これでアナタにはもうなんの借りもありません。

この本を読んだときに強い衝撃を受けたのだが、ごく最近、ある新聞記事に接して深い感動を覚えた。「毎日新聞」の二〇一一・一・一八付、「発信箱」という欄、記者が「夫婦ありき」のタイトルで書いた一文だ。少し長いが全文を載せる。そうしたいと思った。

岐阜県飛騨市にその夫婦を訪ねたのは〇八年六月。当時八六歳だった尾下大造さんと三つ下の妻、君子さんのやり取りはまるで掛け合い漫才で、何度噴き出したろう。

一八歳で陸軍に志願し、中国、フィリピン、ベトナムと転戦して日本軍の行状を内側から見つめた大造さんは、講和条約発効後の五三年にいち早く復活した軍人恩給の受給を生涯拒み続けた。戦争の本当の犠牲者である中国や東南アジアの人々の救済も行われていないのに、暴れ回った自分たちがお金をもらうのは筋違いだと。その大造さんが昼食作りに台所に立った時、元役場職員の君子さんが小声でこんな話をしてくれた。

「恩給係の人が私の席の後ろに来て、あんたとこの人はまんだ改心しなれんかな、なんて言うの。暮らしも楽じゃなかったし、みんなもらって楽しとるっていうから、できることならもらってほしいって私もお父さんに言ったの。そしたら板の間に手えついて、これはな、絶対譲れんことやでな、どうぞその話は今後一切やめてくれって。もうびっくりこいてまって。それから一切そういうこと言わねよにしたでな」

行政や軍人恩給連盟からの干渉は、夫妻の親戚や知人も使って執拗《しつよう》に続いた。狭い田舎町でそれらをはね返し、国がくれるという多額のお金を拒み続けることがどれほど困難か。なのに二人はとことん明るく、愉快で、仲むつまじく、幸せそうだった。

「賢いし、ええ人やあ」と夫にぞっこんだった君子さんの死を伝えるはがきが来たのは一昨年末。電話すると「寂しいけんど、まんだ八七ですで。もうと言ったら後がないで、まんだ八七で生きてます」といつもの軽口で大造さんは笑わせた。その彼も昨年十月に急死したと暮れの朝日新聞で知った。

誰もせぬことを笑ってやり抜いた夫婦。偉大な精神に頭《こうべ》を垂れる。

こうした人たちが民衆として現実に生きていたのだし、またいまも存在している。木下が「螺旋形の〝未来〟」で述べた、人間の「努力」、そして『巨匠』のせりふで語った「決定」と「行為」というとばを、もう一度かみしめ、このような人たちをイメージしながら、わたしは、自戒の念にとらわれる。

＊　＊　＊

わたしが木下順二の仕事を意識しだしたのは青春のころといってよい。『夕鶴』『風浪』の作品・舞台に接したことがその大きな力となった。そして、木下を劇作家としてだけでなく、文学者、思想家としてとらえるようになったのも、それほど後のことではなかった。文学少年として成長していったわたしが向きあった作家・論者はもちろん数多く、木下がいつもわたしの前面にあったわけではない。ただ、演劇を自分のかたわらに在る営みとしていったとき、真山青果、久保栄についで木下順二を身近な存在とし、この三人から強く刺激を受けたのは確かだ。

そして、この十年くらい前から、木下ドラマを自分なりにとらえてみようという欲求がおきてきた。関きよしさんと話しあいを続けるかかわりができたこと、関さんの豊かな認識を聞く時間、木下についての資料の提示などが、そのわたしの気持ちをかきたててくれた。きわめて遅いペースだが、その作業をいくらかまとめることができるようにもなった。

その仕事を進めれば進めるほど、木下の果たしたとりくみの大きさと重さとに圧倒される。ただ、いま思うのは、それを彼へのオマージュで終わらせてはいけないということ。わたしの書く文章は木下作品に対しての評論でなく感想の次元にまだとどまっていることもよくわかる。木下を理想化、神格化してしまったのでは、彼の創造をわたしの問題として生かすことにはなるまい。すぐれた仕事を評価するとともに、ドラマの不充分な点を明らかにし、またわれわれにとっての教訓となる問題点の把握をすることが大切だろう。

木下さんが亡くなられたいま、わたしのその課題はより重いものとしてのこされている。

わたしの、そういう、学ぶ対象の人としては、共同作業を続けた関きよしさんもそうだ。八歳年上のこの先輩は、敗戦後すぐ「新協劇団」に参加してからの活動、「舞台芸術学院」での指導、「池袋小劇場」四〇年、と演出の仕事を六〇年以上も貫いてきた。その実践の蓄積から学ぶことが多い。また、「影書房」の松本昌次さん、七歳年上のこの人は、夜間高校の教師から「未来社」での編集の仕事に長年とりくみ、独立して「影書房」を立ちあげてからも、出版したい本、する必要のある著述の刊行をひたすら追求し、実現してきた。演劇についても実践活動にとりくんだ経験をもってきた人だ。発散される魅力に心うたれる。

この本は、この二人のひとの力があって具体化されたものだ。それは、わたしにとって、たいへん幸せなかかわりだった。

［著者］

関きよし（せき・きよし）

1926年7月26日、東京府板橋に生まれる。父は玩具卸商の英治、母は茂（しげる）、ともに長野県中野市生まれ。19年生まれの兄幸夫がいた。

1943年、芝商業学校卒業。44年、早稲田大学入学。47年、文学部国史科在籍、新協劇団演出部に入る。51年、猿田日奈子と結婚。59年2月より練馬区中村三丁目在住。64年7月、長男定巳生まれる。自宅で私設「風の子文庫」をひらく。

65年から舞台芸術学院講師、71年4月から2010年12月まで池袋小劇場代表。

著書に『夢空間——池袋小劇場の30年』（2003年新読書社刊）がある。

吉田　一（よしだ・はじめ）

1934年、東京に生まれる。1955年、「演劇集団土の会」を創立。

戯曲作品に『父さんもっと自分のことを話せよ』、『“回収不能”の戦記』など。

著書に、『青果「平将門」の世界』『藤原定家——美の構造』『久保栄「火山灰地」を読む』（以上、法政大学出版局刊）、『女のうた　男のうた』『演劇人こばやしひろし』（以上、西田書店刊）、『木下順二・その劇的世界』（影書房刊）、『ドラマチスト小島真木の半世紀』（ゆめ工房刊）がある。

全日本リアリズム演劇会議（全リ演）機関誌「演劇会議」の編集委員。

木下順二《きのしたじゅんじ》・戦後《せんご》の出発《しゅっぱつ》

二〇一一年八月一五日　初版第一刷

著　者　関《せき》きよし
　　　　吉田《よしだ》　一《はじめ》

発行所　株式会社　影書房
発行者　松本昌次
〒114-0015　東京都北区中里三—四—五
　　　　ヒルサイドハウス一〇一
電　話　〇三（五九〇七）六七五五
FAX　〇三（五九〇七）六七五六
E-mail=kageshobo@ac.auone-net.jp
URL=http://www.kageshobo.co.jp/
〒振替　〇〇一七〇—四—八五〇七八
本文印刷=スキルプリネット
装本印刷=ミサトメディアミックス
製本=協栄製本

定価　二、五〇〇円+税

ISBN978-4-87714-416-6

吉田　一　**木下順二・その劇的世界**　三〇〇〇円
運命に対峙して歴史の狭間を生きる人間のあり様を描き続けた劇作家・木下順二への深い思いを綴りつつ、その作品世界を読み解く。

木下順二　**木下順二集**　二二〇〇円
戦後文学エッセイ選8

宮岸泰治　**女優山本安英**　三八〇〇円

宮岸泰治　**転向とドラマトゥルギー**　二二〇〇円
——一九三〇年代の劇作家たち

尾崎宏次　**蝶蘭の花が咲いたよ**　二五〇〇円
——演劇ジャーナリストの回想

久保　栄　**久保栄演技論講義**　二〇〇〇円

久保　栄　**小山内薫**　二〇〇〇円

久保　栄　**新劇の書**　二五〇〇円

津上　忠　**作家談義**　二〇〇〇円

桜井郁子　**チェーホフ、チェーホフ！**　二五〇〇円

〔価格は税別〕　**影書房**　2011. 8 現在